U0040913

獻給感同身受的你們。

哀傷浮游

Sad for you

黃色書刊
YELLOW BOOK

前言

您好，我是本書作者黃色書刊。《哀傷浮游》裡的故事或許都發生在你我的身邊，如果我們可以用心體會，不管是再小的事情都可以變成一個個精采的故事。我們都喜歡看別人的故事，卻往往不知道，在別人的眼裡，我們都有可能是故事的主角，可能是喜劇，也可能是悲劇。

《哀傷浮游》故事中的主角們亦是如此，每一個小故事對我們來說也許都只是件小事，但在那些主角的眼裡，卻都是人生大事。正因為這樣，我們才要學著如何從別人的角度去看事情，看那些自己看不到的事情，多站在別人的立場去思考，當我們都能為了別人的事情而感到哀傷的時候，這個社會、這個世界或許會更美好，當然，只是或許。

獻給這個世界：

「我替你感到高興，卻也為你感到哀傷。」

推薦語

每次看完黃色書刊的《哀傷浮游》臉都會很痛，如此赤裸地說出這麼現實的一面，有重重被賞了一巴掌的感覺。怎麼辦，真的好・喜・歡（我知道這是別的系列的啦）

——Cherng

我是黃色書刊的忠實粉絲，由粉絲寫推薦序還感覺滿奇妙的……。黃色書刊的「哀傷浮游」系列，是我近幾年看過最棒的圖文創作之一。不同於一般所謂的酸文或速食文，它不直接抨擊或給予評論，而是用作者的觀點，將自己體悟到的事實以圖文呈現。正因如此，讓觀賞者也必須經過思考，才能得到答案——答案也因人而異。這種集體思考正是《哀傷浮游》最難能可貴、也最有趣之處。比起單方面的給予，讓大眾參與解讀，共同創造出作品的精神——簡直棒透了，不是嗎？

——大力

內容深度詼諧，幽默界的林志穎。

——好笑刺青店

黃色在我眼中，不太討喜，又有點刺眼。如同本書，看似諷刺整個社會卻又不明白點出，這種感覺有些不太舒服，但令我更加著迷。最有趣的莫過於了解每個故事後再反觀其他人的看法，我心裡也許不屑、也許質疑，私以為應穿插著圖裡的某段話，某個穿著特徵甚至某個表情，才能讓他們真正體會其深層的暗喻，進而陷入其中，又或許，根本毫無含義。

《哀傷浮游》就是這樣一本討人厭又極耐人尋味的精采故事！

——掰掰啾啾

即使翻著白眼依然強烈感受到那鮮明的黃，這就是深度。

——翻白眼吧！溫蒂妮小姐

目錄

SAD.序

黃色的海

嘿，先生！
你是從深海來的魚！我想要問你、深海真的是深藍色的嗎？
藍色？藍色是什麼樣的顏色？
你眼前的這一片海洋就是藍色啊！
那如果我說深海是黃色的，你會相信我嗎？
當然會相信啊！對於那些沒看過的事物、我能做的也就只有相信啊！
話說、黃色是什麼樣的顏色？
黃色在你心中是什麼樣的顏色、那它就是什麼樣的顏色。
◆END◆

SAD.1
海上亡靈湯米

我要出海！
你得先買艘船啊，孩子。
！
我沒有錢！怎麼辦？
那你只好放棄了。
於是湯米只好用游的。
但是湯米很快樂，因為他出海了。
有船！
船長，有一名海盜正在靠近！
炸死他
BOOM!!
嗚
死在大海的湯米覺得自己很幸福。
END

SAD.2

失戀炸彈

我是顆炸彈。
隨時都會爆炸。
做好情緒管理，是我的首要工作。
我暗戀著一個——
不可能有結果的對象。
火柴在班上非常有異性緣，我離他好遠好遠。
但我還是鼓起勇氣寫了情書。
我喜歡你
炸彈
我看到了。
我看得一清二楚，他們兩個好登對，和我不同。
……
我爆炸了。
我獨自爆破在學校屋頂。
◆END◆

SAD.3
有禮貌的阿文

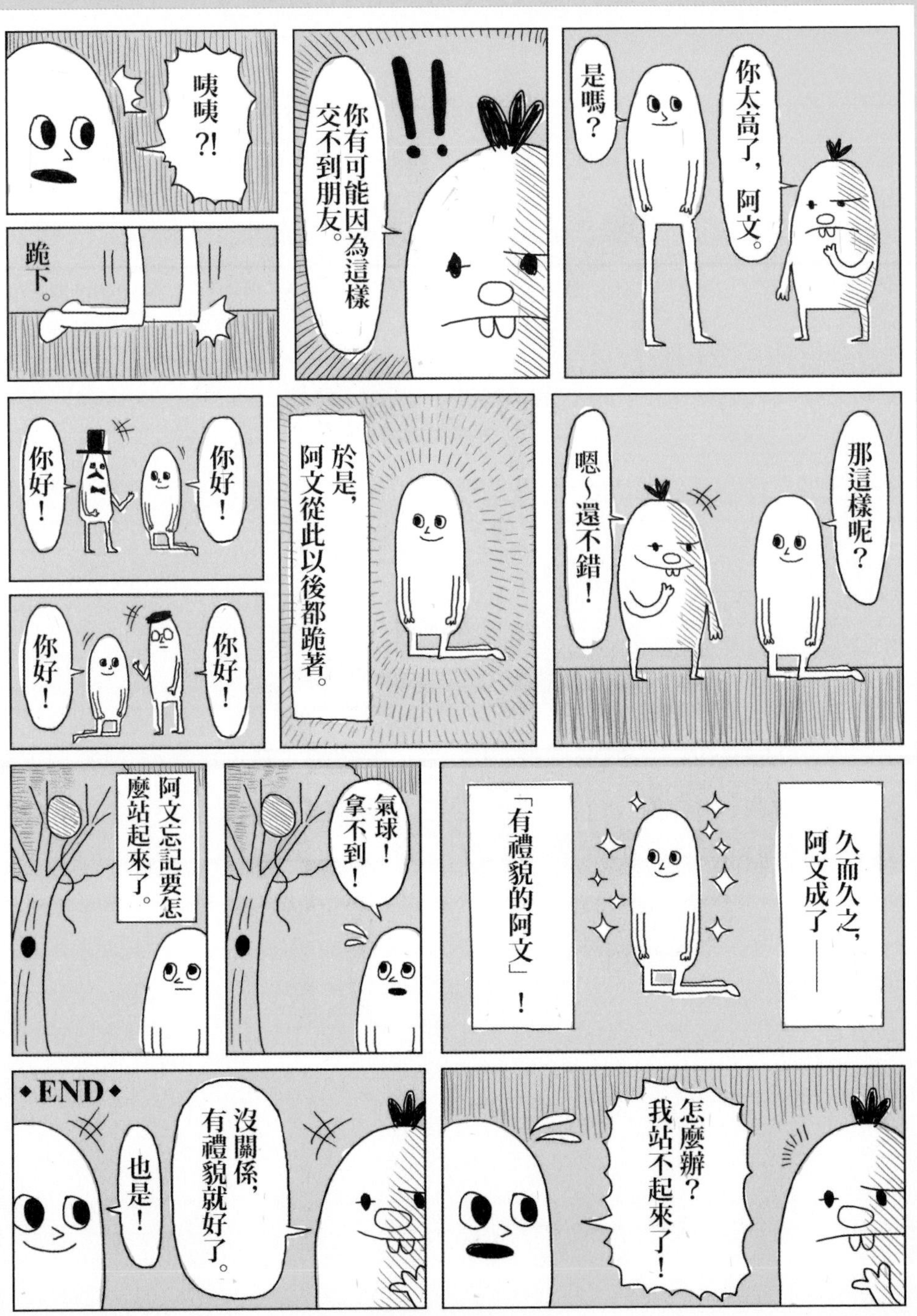
你太高了，阿文。
是嗎？
!!
你有可能因為這樣交不到朋友。
咦咦?!
跪下。
那這樣呢？
嗯～還不錯！
於是，阿文從此以後都跪著。
你好！
你好！
你好！
你好！
久而久之，阿文成了——
「有禮貌的阿文」！
氣球！拿不到！
阿文忘記要怎麼站起來了。
怎麼辦？我站不起來了！
沒關係，有禮貌就好了。
也是！
END

SAD.4
用心的山田

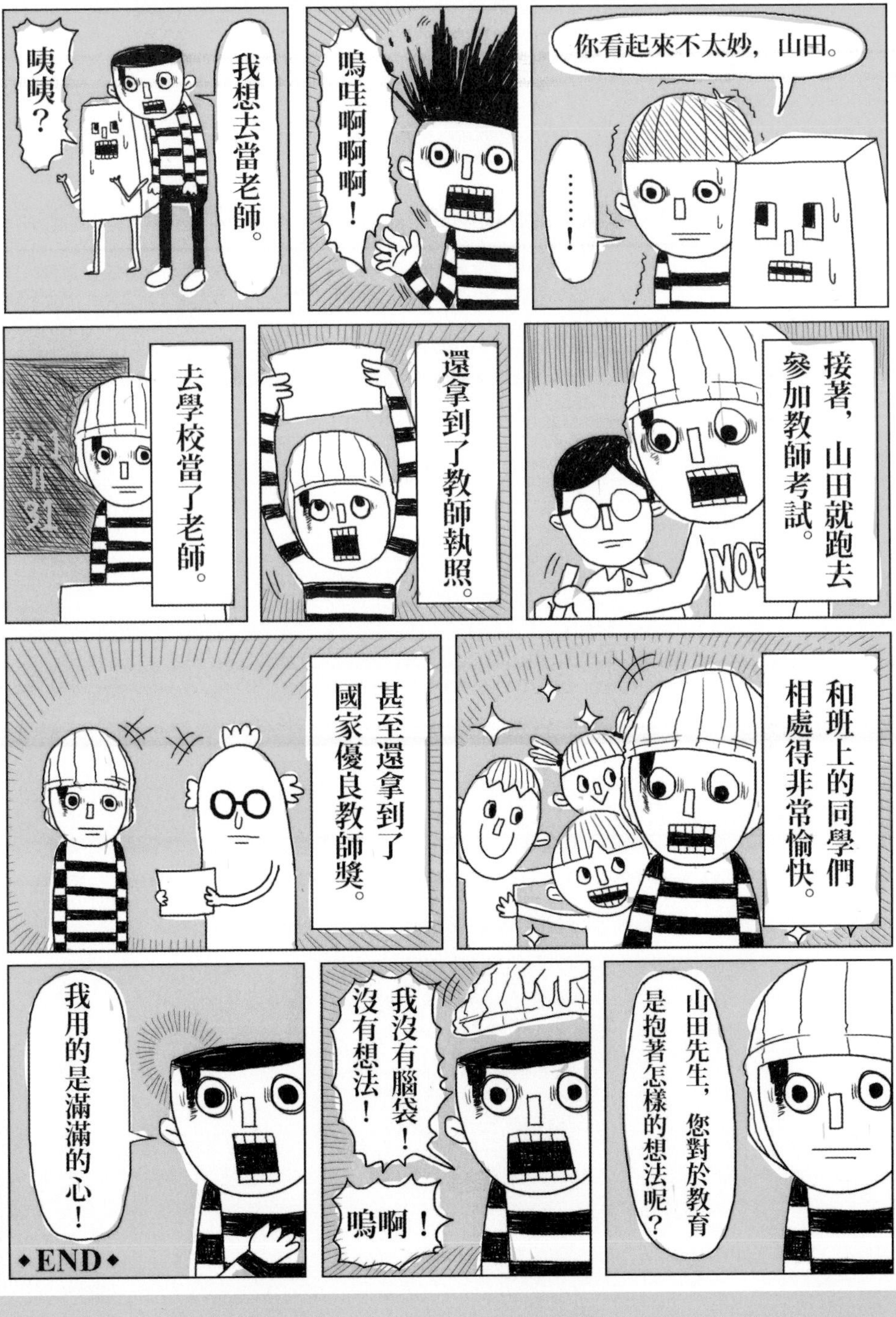
你看起來不太妙，山田。
……！
嗚哇啊啊啊！
我想去當老師。
咦咦？
接著，山田就跑去參加教師考試。
NOF
還拿到了教師執照。
3+1 = 21
去學校當了老師。
和班上的同學們相處得非常愉快。
甚至還拿到了國家優良教師獎。
山田先生，您對於教育是抱著怎樣的想法呢？
我沒有腦袋！沒有想法！
嗚啊！
我用的是滿滿的心！
END

SAD.5

鐵骨強尼

強尼的骨頭非常強壯，跟鋼鐵一樣硬，大家都叫他「鐵骨強尼」
!
BOOM!!!
謝謝你替我擋子彈，但是你受傷了啊！
!!
別擔心，我的骨頭很硬！
從此以後，強尼就開始不斷幫助人們、就像個英雄一樣。
!!!
!!!
!!!
到最後，強尼終於只剩下他的硬骨頭了。
強尼，你只剩下骨頭了啊。
別擔心，我還是活著啊！
◆END◆

SAD.6

迷路的
本多三路

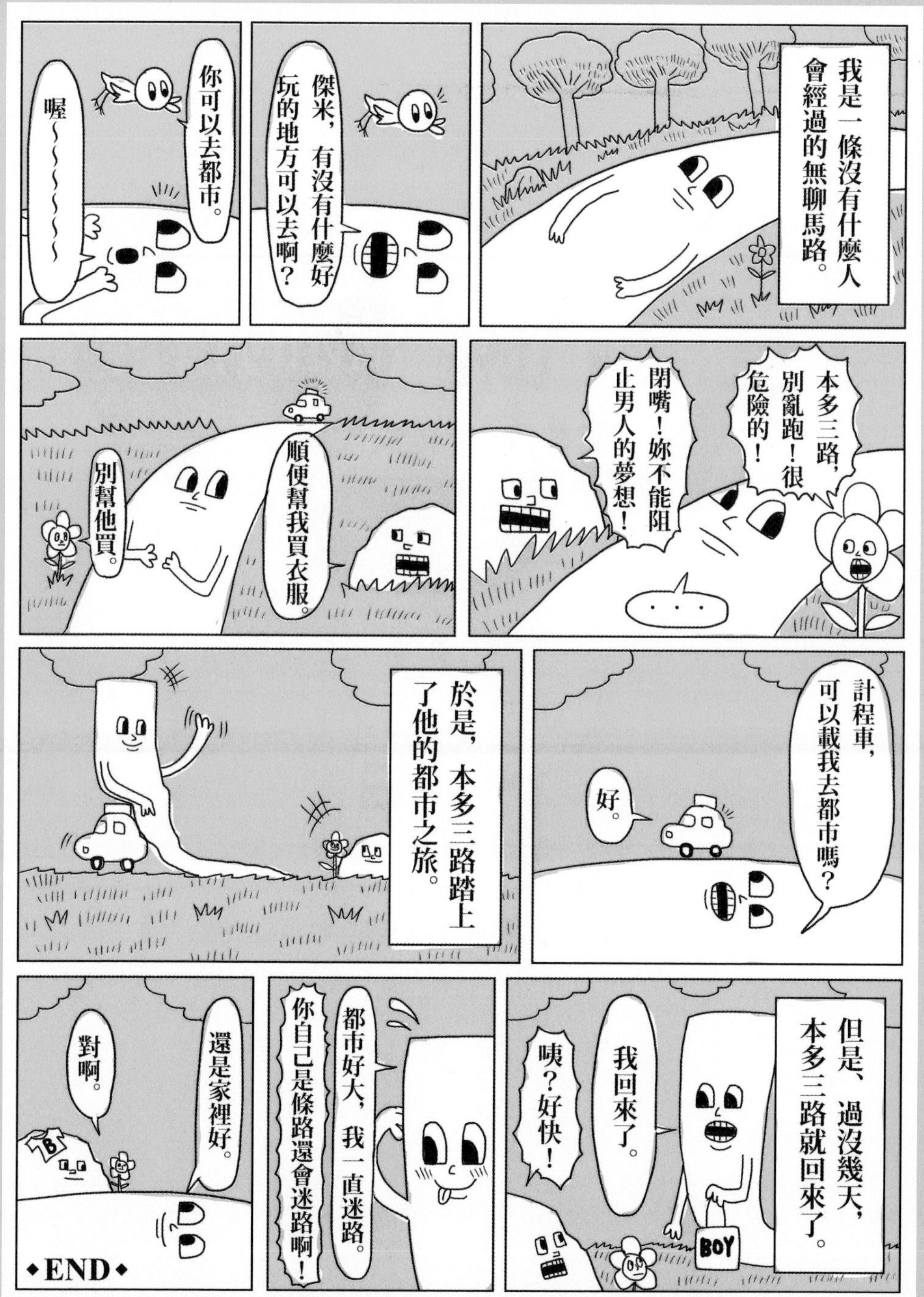
我是一條沒有什麼人會經過的無聊馬路。
傑米，有沒有什麼好玩的地方可以去啊？
你可以去都市。
喔～～～～～～～
本多三路，別亂跑！很危險的！
閉嘴！妳不能阻止男人的夢想！
・・・
順便幫我買衣服。
別幫他買。
計程車，可以載我去都市嗎？
好。
於是，本多三路踏上了他的都市之旅。
但是，過沒幾天，本多三路就回來了。
我回來了。
BOY
咦？好快！
都市好大，我一直迷路。
你自己是條路還會迷路啊！
還是家裡好。
對啊。
B
◆END◆

SAD.7

M的情書

P，我寫了一封情書想要給暗戀的人。
M，很好啊！快點送給對方吧！
算了，他一定不會接受我的……
借我看看那封情書吧。
Dear：
一直以來，我都喜歡著你，
你是個很棒的人，不管別人怎樣看不起你、
我還是希望你要有自信、好好的做自己，
但是很抱歉，我都不會對你說出口，
因為我不敢，我怕你無法接受我，
但我還是鼓起勇氣寫了這封情書，
希望你就算不會喜歡上我、也不要討厭我。
愛你的M
還不錯啊，你應該要送給對方。
還是算了。對了、那你幫我送出去好了，明天幫我送可以嗎？
當然可以。
隔天，M上吊自殺身亡了。
還是得幫他送出去啊，我看一下是要送給誰。
收件人：M
◆END◆

SAD.8
密室殺人事件簿其之一：浴室殺人事件

密室殺人事件簿
(其之一：浴室殺人事件)
渣太郎(43)於下午六點被發現死於浴室，當時的水溫還是熱的。
!!
圓頭波比(39)
報社老闆
我那時候正在把渣太郎敲昏。
山田珊妮(33)
政治家
我那時候正在把渣太郎的雙手壓制住。
BC五郎(29)
上班族
我什麼都不知道。
大鬼大衛(40)
律師
我那時候正在把渣太郎的雙腳壓制住。
田中威爾(36)
知名主持人
我那時候正在用刀子刺殺渣太郎。
觀察漢德(38)
名偵探
好，我明白了，犯人已經出來了……！
犯人就是你！BC五郎！
!!
咦咦！為什麼?!
因為你什麼都不知道。
我到底……
在幹嘛……
◆END◆

SAD.9
我親愛的蔓蒂

讓我們一起感受這場幸福的死法。
我親愛的蔓蒂。
傑克！

SAD.10

密室殺人事件簿其之二：餐廳殺人事件

密室殺人事件簿
（其之二：餐廳殺人事件）
!!
草頭雪莉(23)於上午九點被發現身上滿是刀傷的倒在餐廳，所幸並沒有生命危險。
滑頭華戈(48)
企業老闆
我那時候正在拿刀砍草頭雪莉的雙手。
蘇珊蘇菲(35)
教師
我那時候正在拿刀砍草頭雪莉的身體。
草頭雪莉(23)
社會新鮮人
他們所有人都在攻擊我！但是我無力反擊！
岡本鋼鐵(42)
新聞記者
我那時候正在拿刀砍草頭雪莉的雙腳。
方方太郎(38)
評論家
我那時候正在拿刀砍草頭雪莉的腦袋。
觀察漢德(38)
名偵探
好，我明白了，犯人已經出來了……！
犯人就是你！草頭雪莉！
!!
咦咦！為什麼?!
因為你連反擊的力氣都沒有。
原來是……
我的錯……
◆END◆

SAD.11
餓肚子的傑瑞

唔，肚子好餓。
哇！有人在發食物！
!!
少年！站住！要領食物得先排隊啊！
為什麼要排隊呢？
嘖……！
要領食物本來就要排隊！我可是已經排了很久很久了啊！
沒錯！少年！我們都在排隊等著領食物！
可是我真的好餓喔，可以不要排隊嗎？
笨蛋！除了排隊以外你沒有其他方法！你就乖乖的排隊吧！
!
然後，傑瑞就把排在他前面的人全部吃光了。
終於排到了！
恭喜！不過你應該也已經吃飽了吧！
HA HA HA HA HA HA HA HA HA HA HA HA HA HA HA
◆END◆

SAD.12
勤勞的貝比兔兔

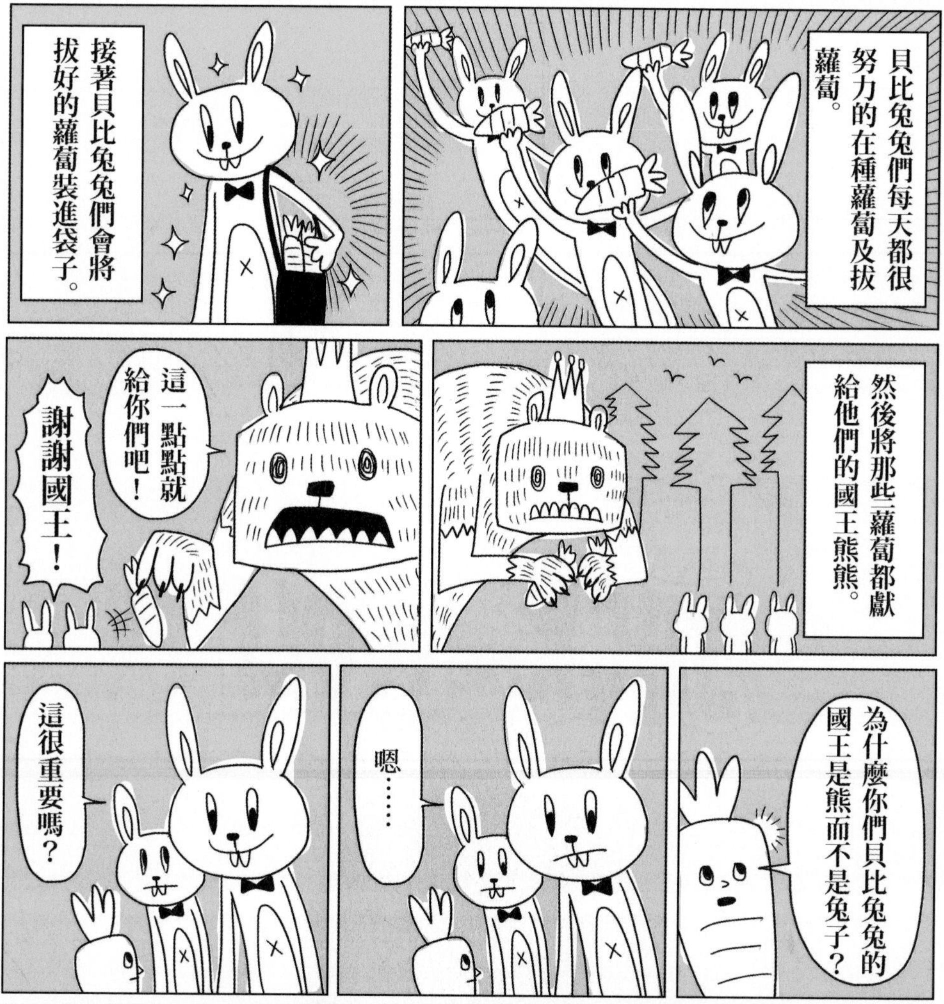
貝比兔兔們每天都很努力的在種蘿蔔及拔蘿蔔。
接著貝比兔兔們會將拔好的蘿蔔裝進袋子。
然後將那些蘿蔔都獻給他們的國王熊熊。
這一點點就給你們吧！
謝謝國王！
為什麼你們貝比兔兔的國王是熊而不是兔子？
嗯……
這很重要嗎？
你們都不怕國王哪天吃膩了蘿蔔、想吃你們這些兔子嗎？
哈哈哈哈哈哈！別擔心這個啊！
在被國王吃掉以前，我們貝比兔兔會先吃掉自己的人啊！哈哈哈！
!!
END

SAD.13
向傑克野狼學習

橋本鹿鹿是一種很溫和的草食性動物。
牠們最怕的就是愛吃肉的傑克野狼。
橋本鹿鹿們生怕被傑克野狼吃到絕種，牠們不斷思考要如何解決這個艱難的問題。
橋本鹿鹿決定了、牠們要向傑克野狼請教如何成為肉食性動物。
傑克野狼慷慨的答應了，牠非常用心的教導橋本鹿鹿們。
經過了好長一段時間，橋本鹿鹿們終於學會了如何開心的吃肉。
欸，我都忘記要怎麼吃草了耶。
無所謂啦，吃肉比吃草更容易活下來啊。
那草食性動物存在的意義到底是什麼啊？
問你自己啊！
◆END◆

SAD.14
皮亞村的村民

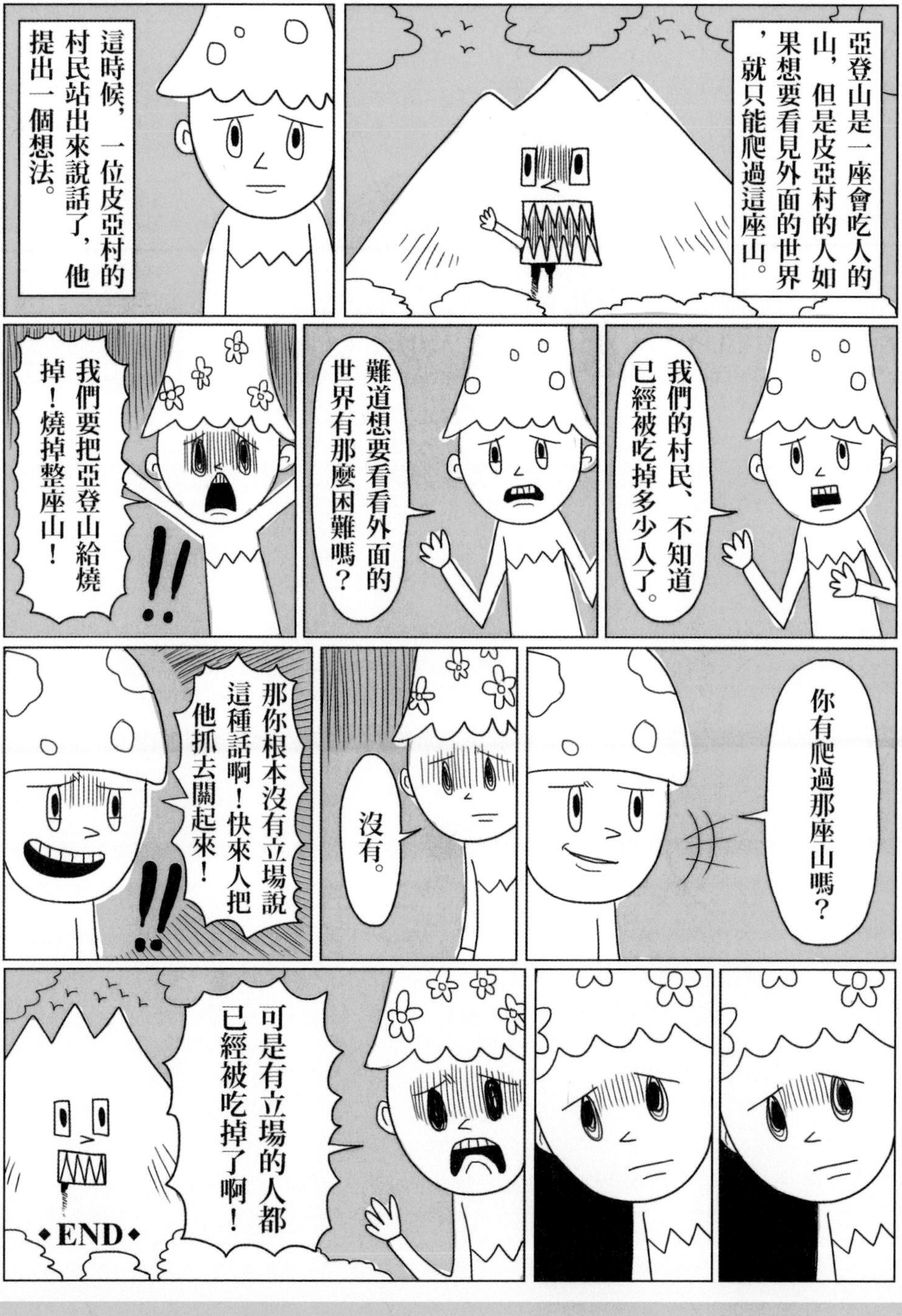
亞登山是一座會吃人的山，但是皮亞村的人如果想要看見外面的世界，就只能爬過這座山。
這時候，一位皮亞村的村民站出來說話了，他提出一個想法。
我們的村民、不知道已經被吃掉多少人了。
難道想要看看外面的世界有那麼困難嗎？
我們要把亞登山給燒掉！燒掉整座山！
!!
你有爬過那座山嗎？
沒有。
那你根本沒有立場說這種話啊！快來人把他抓去關起來！
!!
可是有立場的人都已經被吃掉了啊！
◆END◆

SAD.15

槍手與野獸

一位在尋找子彈的槍手和一隻在尋找牙齒的野獸，正一同走在人生的旅途上。
嘿，爲什麼你的手槍沒有子彈？
我的槍是用來殺野獸的，但是我的國家覺得這樣太危險了。
於是國家就把我的子彈全部沒收了。說說你的牙齒吧。
我們的牙齒是用來吃人肉的，但是我的父母是素食主義者，於是將我的牙齒給拔掉了，但我還是想要吃人肉。
哈哈哈，那就是看誰先找到，另外一個就要遭殃了！
槍手和野獸一同旅行了好長一段時間，他們走遍世界各地，最後，終於讓野獸找到了牠夢寐以求的牙齒。
好吧，恭喜你，把我吃掉吧。
可是我已經不把你當成人看了。
哈哈，我也已經把你當作人看了。
◆END◆

SAD.16

佩蒂公主的感人故事

很久很久以前，有個關於佩蒂公主的感人故事，首先，來介紹一下登場的角色吧。
這位是故事主角、佩蒂公主。
這位是善良的巫婆。
這位是小松鼠皮波。
這位是小鳥加佛曼。
這位是流浪的槍手。
這位是蘋果樹牛司。
這位是小精靈阿德。
這位是王子阿提斯。
等等！只剩下兩格而已、是要演什麼故事啊?!
……
反正大家只在乎是誰在演故事、又不在乎故事在演什麼！
END

SAD.17

小鳥加佛曼的大發現

我越來越搞不清楚自己到底是什麼東西了。
你該去尋找一下自我。
於是小鳥加佛曼踏上了尋找自我的旅途。
加佛曼在旅途中遇到了許多人，他對每個人都問了相同的問題。
嘿，為什麼你不飛？
我要是能飛、第一件事就是把你給吃掉。
我是座山啊！要是我飛走的話、住在山上的動物要怎麼辦啊？
我連站都站不起來了，要怎麼飛？
小鳥加佛曼飛了好長一段路、最後終於回到了他原本的家。
我終於知道了！我是隻會飛的小鳥！
這個連我都知道啊。
不只這樣！我還知道了、這世界上有好多人連飛都不會飛！
END

SAD.18
應觀眾要求

我要把你給殺了！
跟我一起玩吧！
!!
為什麼我們兩個演員和對話框都被導演給換下來了？
因為有家長反應我們是肉食動物，也反應原本的對話太暴力。
但是那些家長也一樣是他媽的肉食動物啊！

SAD.19
杞人憂天的亞比

最近的雪球村出現越來越多生病的雪球人，醫院都被雪球人塞滿了。
於是雪球村決定要蓋一座新的醫院。
這時候，有一個雪球人跳出來說話了，他的名字叫作亞比。
!!
我反對蓋那座新醫院！
有新的醫院是一件好事啊。
……
但是我們的新醫院要蓋在熱熱河的旁邊啊！
我們雪球人最怕熱了！這樣豈不是更危險嗎？
而且、新的院長是——
!!
最愛吃冰淇淋的愛司男孩啊！太可怕了！
……
有新的醫院是一件好事啊。
◆END◆

SAD.20
波姆的惡夢

天啊，這裡是……
哇啊啊啊啊啊！
天啊！快來人啊！有人被刺了一刀啊！
天啊！為什麼被刺的人要被抓走，兇手卻還在旁邊笑啊?!
天啊！為什麼人會吃人啊！
天啊！為什麼這座城市一點溫度都沒有！根本就不是人待的地方啊！
天啊……
這一定是一場惡夢！
天啊！如此美妙的場景才是我的現實生活啊！
天啊，你看波姆睡覺的樣子多麼幸福啊！
◆END◆

SAD.21 可愛的貓咪怪獸

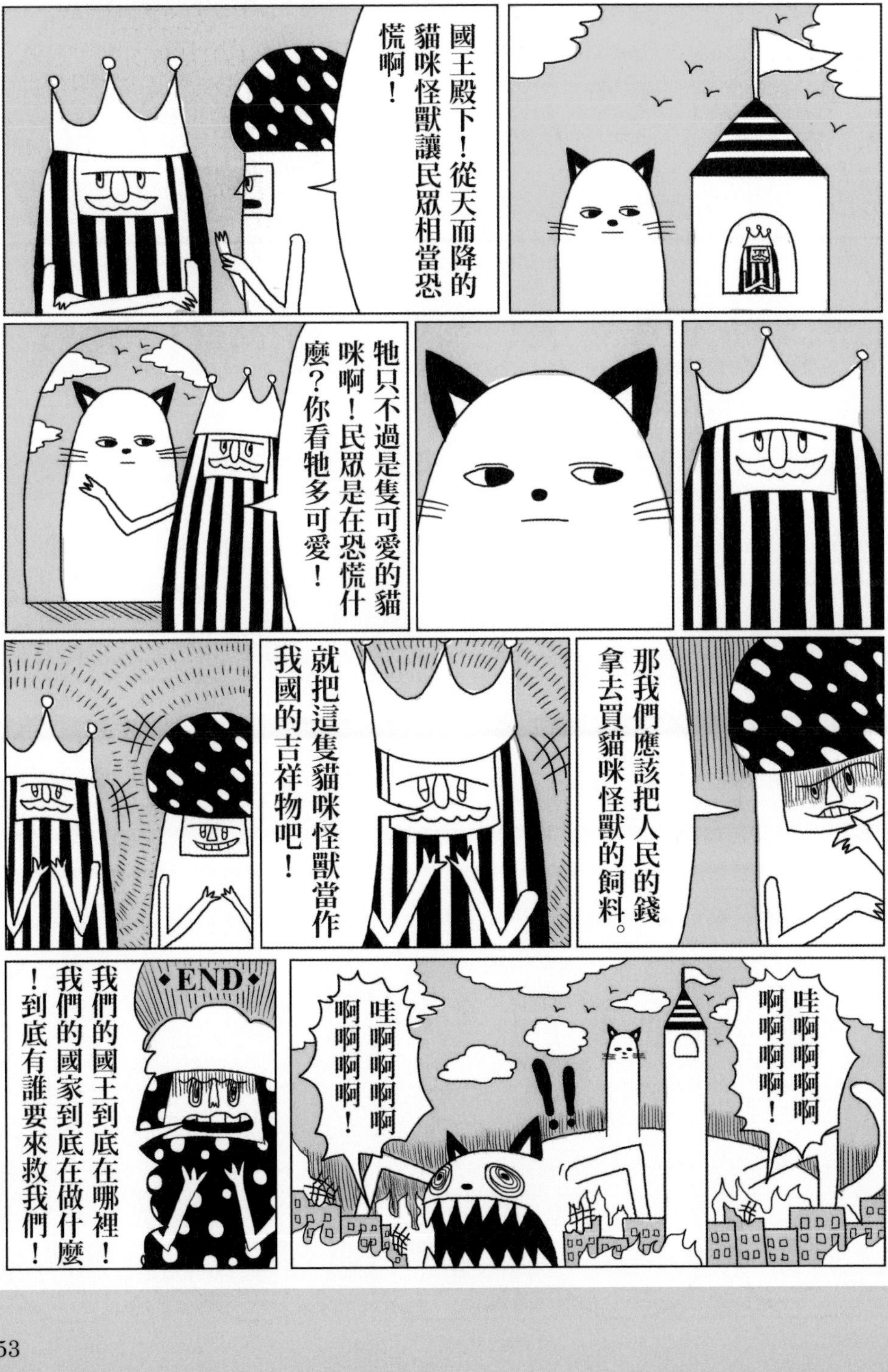
國王殿下！從天而降的貓咪怪獸讓民眾相當恐慌啊！
牠只不過是隻可愛的貓咪啊！民眾是在恐慌什麼？你看牠多可愛！
那我們應該把人民的錢拿去買貓咪怪獸的飼料。
就把這隻貓咪怪獸當作我國的吉祥物吧！
哇啊啊啊啊啊啊啊啊！
哇啊啊啊啊啊啊啊啊！
END
我們的國王到底在哪裡！我們的國家到底在做什麼！到底有誰要來救我們！

SAD.22
只是開個小玩笑
SMALL JOKE

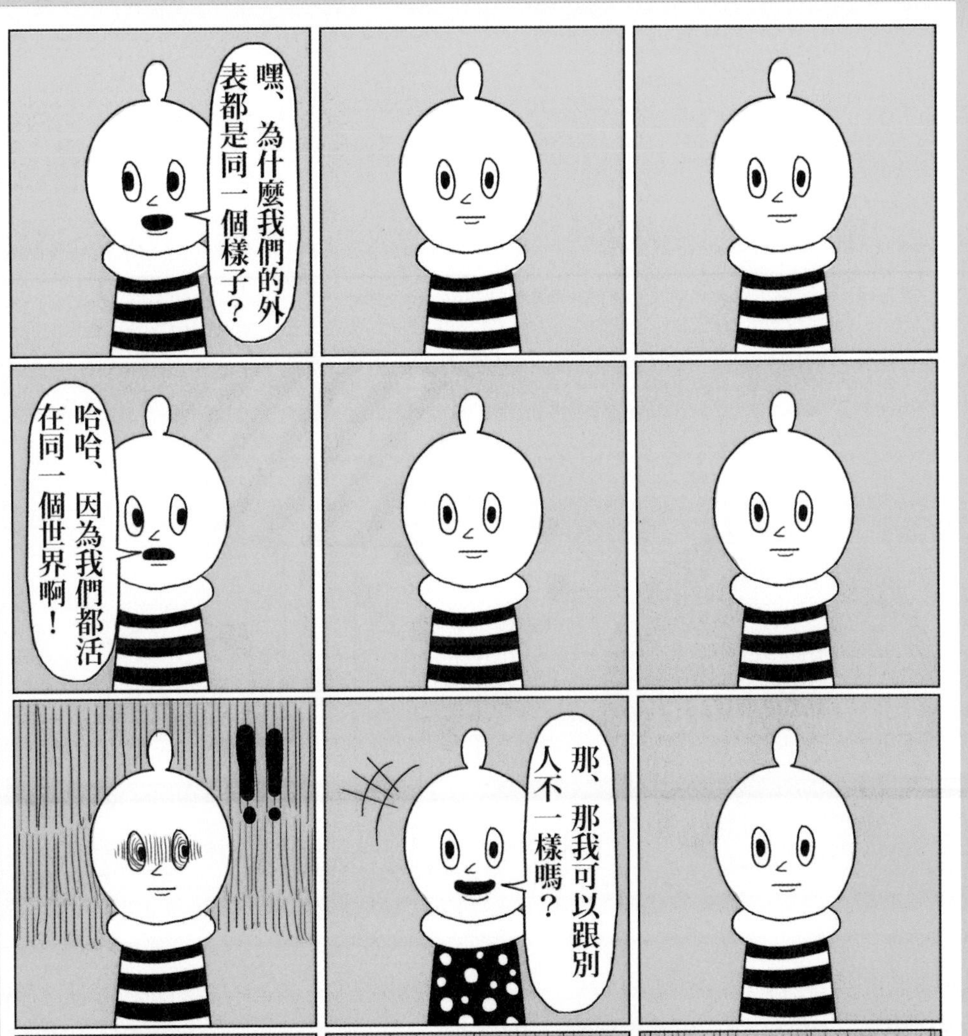
嘿、為什麼我們的外表都是同一個樣子?
哈哈、因為我們都活在同一個世界啊!
!!
那、那我可以跟別人不一樣嗎?
!!
!!
對、對不起啦!我只是開個小玩笑而已。
◆END◆

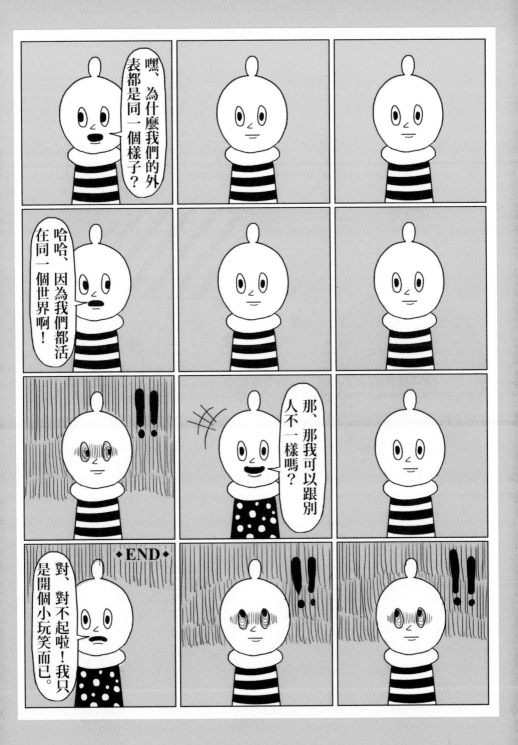

SAD.23
種樹阿努的抉擇

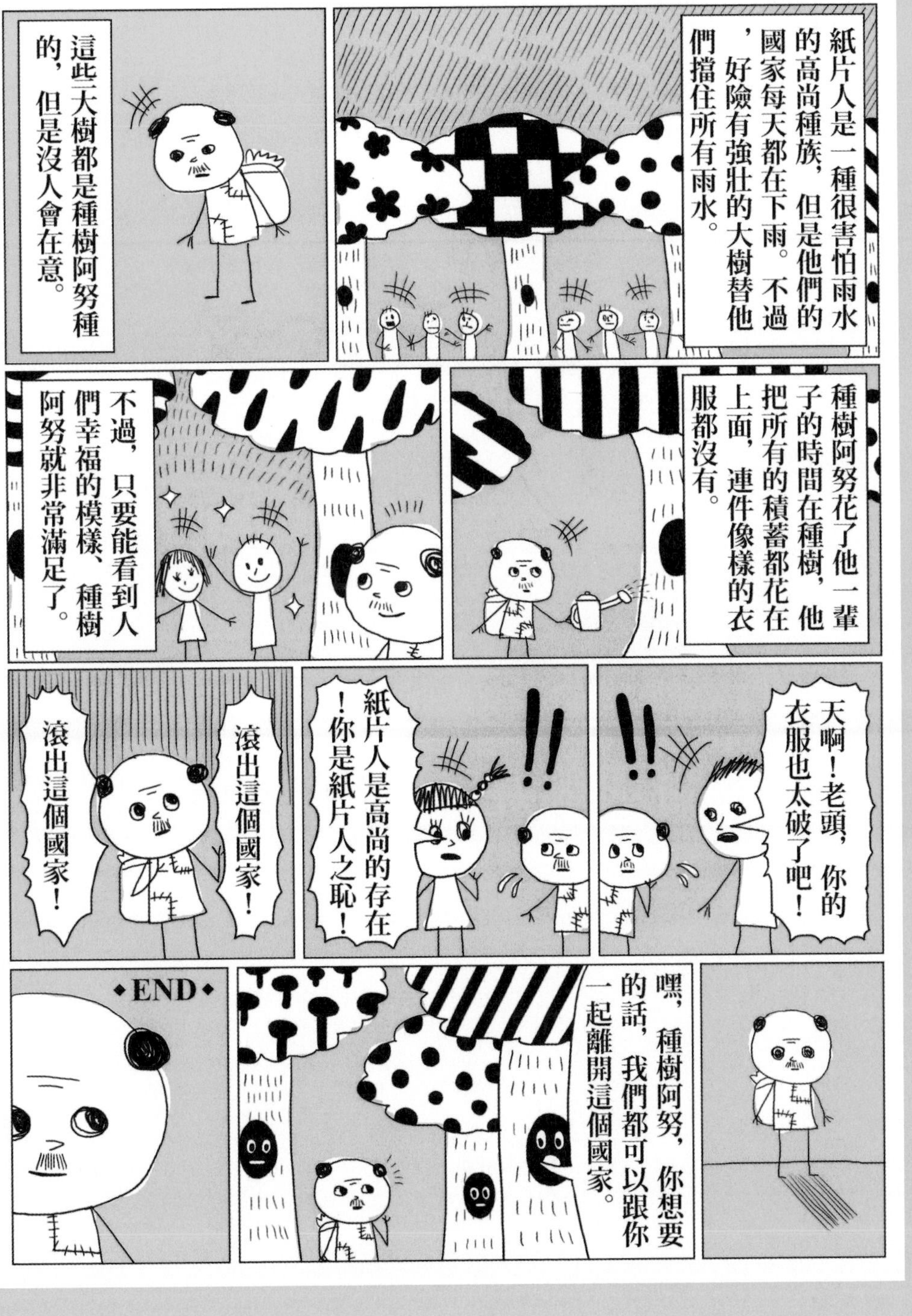
紙片人是一種很害怕雨水的高尚種族，但是他們的國家每天都在下雨。不過，好險有強壯的大樹替他們擋住所有雨水。
這些大樹都是種樹阿努種的，但是沒人會在意。
種樹阿努花了他一輩子的時間在種樹，他把所有的積蓄都花在上面，連件像樣的衣服都沒有。
不過，只要能看到人們幸福的模樣、種樹阿努就非常滿足了。
天啊！老頭，你的衣服也太破了吧！
!!
!!
紙片人是高尚的存在！你是紙片人之恥！
滾出這個國家！
滾出這個國家！
嘿，種樹阿努，你想要的話，我們都可以跟你一起離開這個國家。
END

SAD.24
瑞奇與珊妮

瑞奇和珊妮是一對情人，但是他們兩個人的距離很遙遠，是一場辛苦的遠距離戀愛。
珊妮非常喜歡吃水果。
雖然瑞奇自己並沒有特別喜歡吃水果，但是為了珊妮、他種了許多的水果。
瑞奇把成熟的水果都裝進桶子裡面、然後將桶子寄給珊妮。
過了好長一段時間。
珊妮學會了種水果。
瑞奇也不再種水果了。
又過了好久，瑞奇要寄給珊妮的那桶水果終於送達，但那桶水果都已經釀成了酒。
這個酒好烈，但是沒辦法讓我醉。
END

PARREN

SAD.25

透明人派倫

派倫是個透明人，
所有人都看不見他。
派倫也沒辦法從鏡子
中看到自己的樣子。
就算派倫的吃相再難
看也都無所謂，反正
沒人會看到。
除此之外，派倫還可
以搭免費的公車。
派倫覺得好自在。
派倫出現在每一個故
事裡頭，但他也不會
在故事裡頭出現過。
嗚啊！
派倫死了，死在人來
人往的街道上。
派倫死了。
◆END◆

SAD.26
利卡的模樣

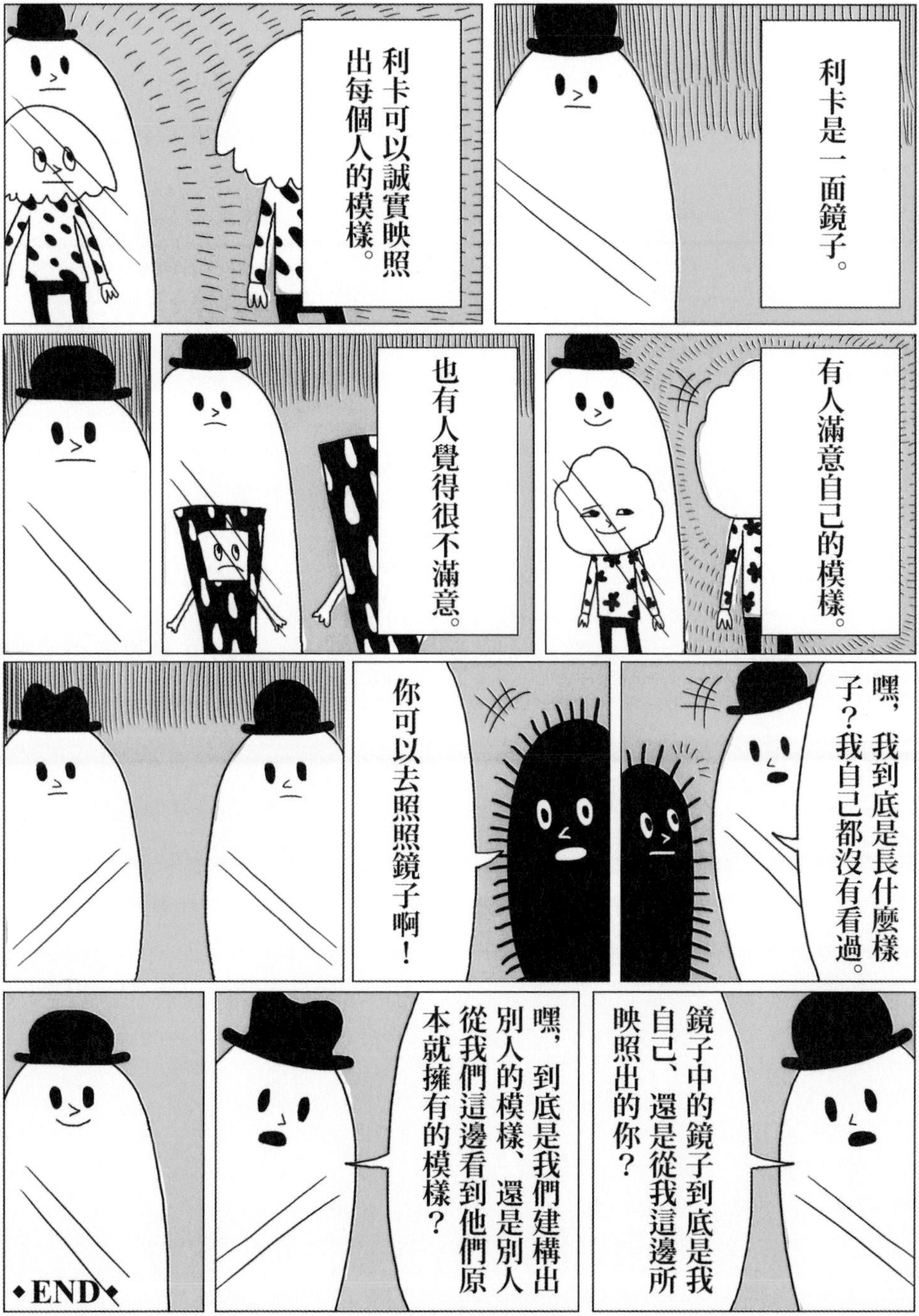
利卡是一面鏡子。
利卡可以誠實映照出每個人的模樣。
有人滿意自己的模樣。
也有人覺得很不滿意。
嘿，我到底是長什麼樣子？我自己都沒有看過。
你可以去照照鏡子啊！
鏡子中的鏡子到底是我自己、還是從我這邊所映照出的你？
嘿，到底是我們建構出別人的模樣、還是別人從我們這邊看到他們原本就擁有的模樣？
END

SAD.27

沒人說謊

我恨你！
我才不管你！
是的，我了解了，謝謝你！

SAD.28

里恩是一把槍

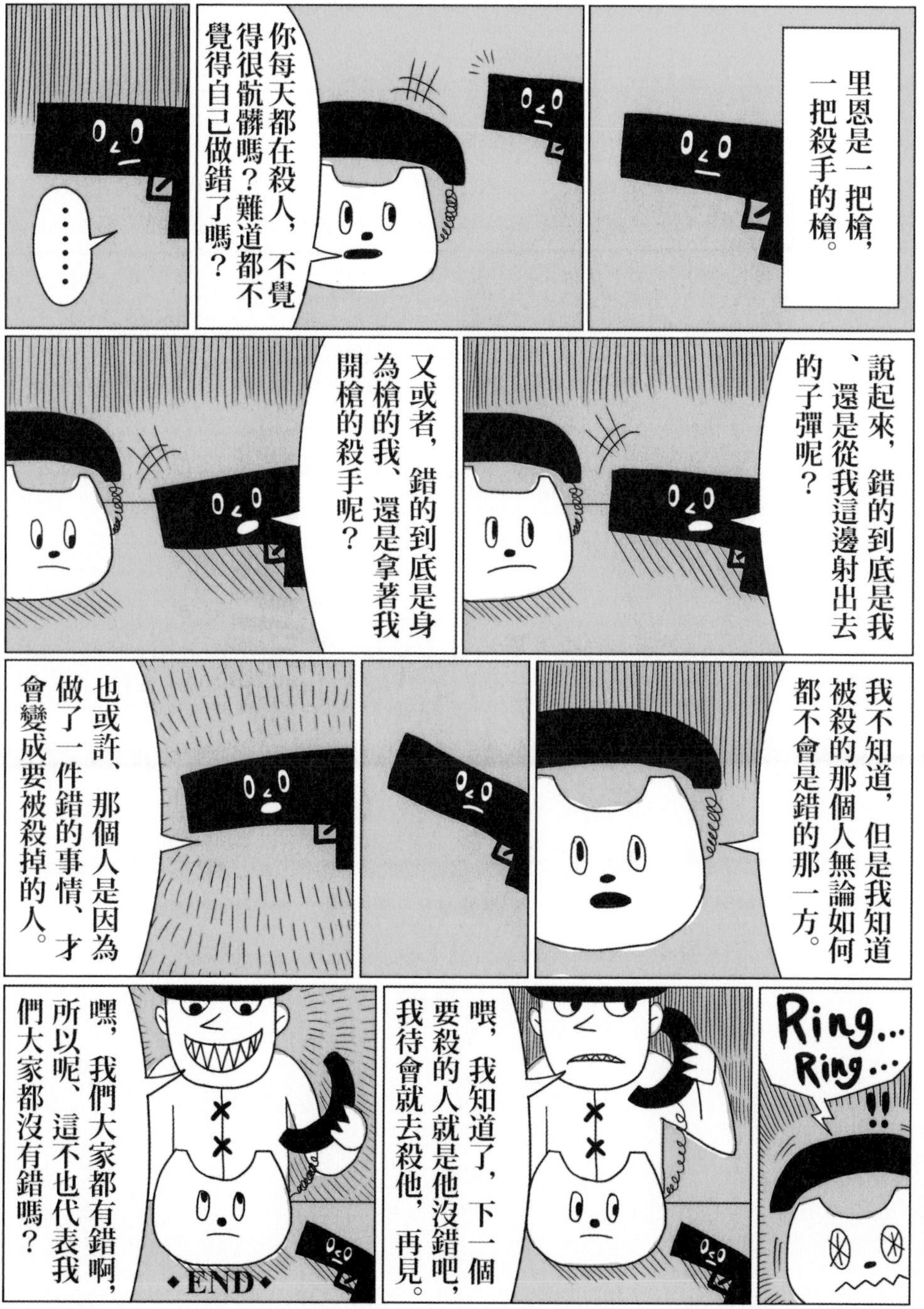
里恩是一把槍，一把殺手的槍。
你每天都在殺人，不覺得很骯髒嗎？難道都不覺得自己做錯了嗎？
……
說起來，錯的到底是我、還是從我這邊射出去的子彈呢？
又或者，錯的到底是身為槍的我、還是拿著我開槍的殺手呢？
我不知道，但是我知道被殺的那個人無論如何都不會是錯的那一方。
也或許、那個人是因為做了一件錯的事情、才會變成要被殺掉的人。
Ring... Ring...
!!
喂，我知道了，下一個要殺的人就是他沒錯吧，我待會就去殺他，再見。
嘿，我們大家都有錯啊，所以呢、這不也代表我們大家都沒有錯嗎？
◆END◆

SAD.29
安迪與提娜

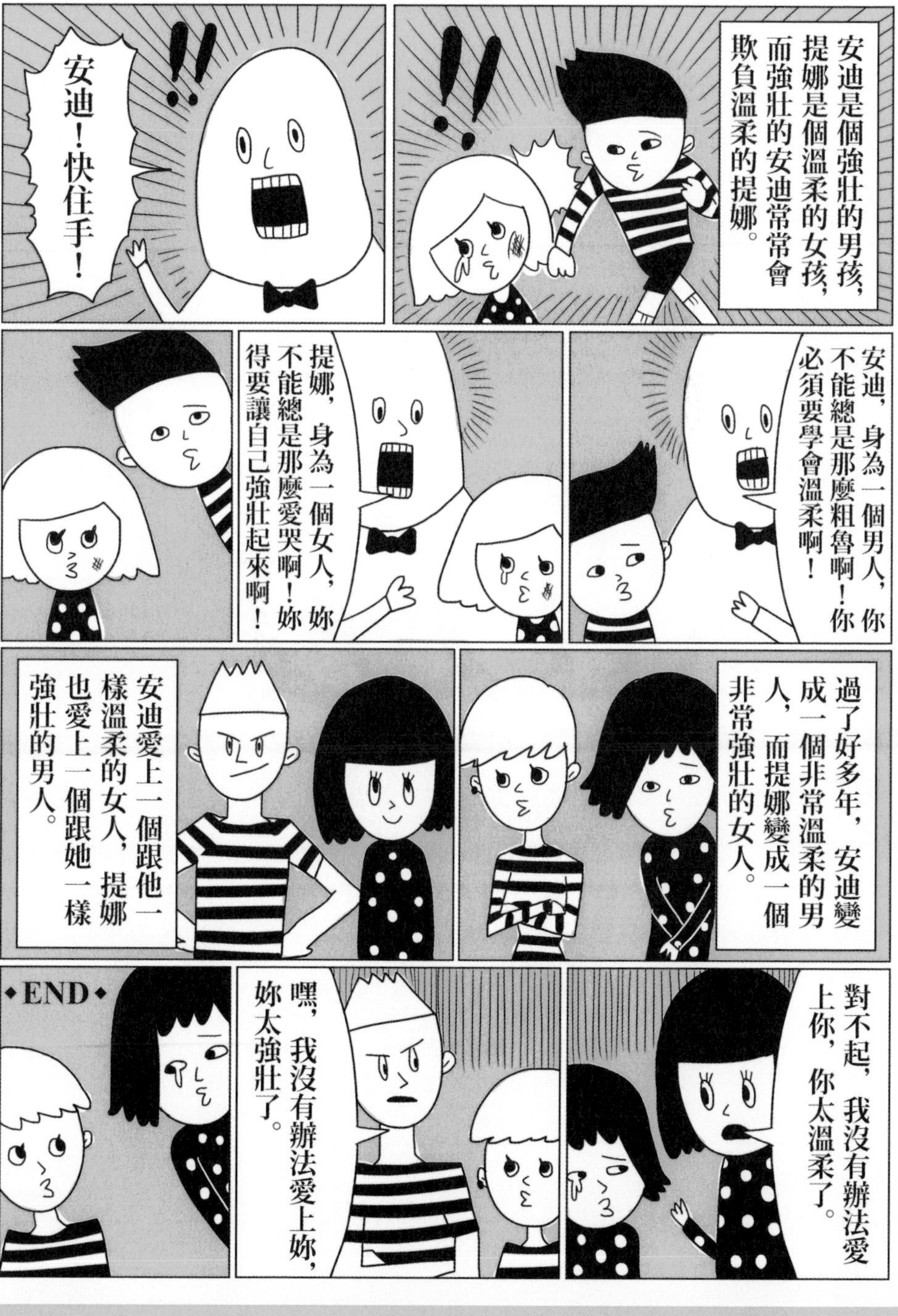

安迪是個強壯的男孩，提娜是個溫柔的女孩，而強壯的安迪常常會欺負溫柔的提娜。
!!
安迪！快住手！
!!
安迪，身為一個男人，你不能總是那麼粗魯啊！你必須要學會溫柔啊！
提娜，身為一個女人，妳不能總是那麼愛哭啊！妳得要讓自己強壯起來啊！
過了好多年，安迪變成一個非常溫柔的男人，而提娜變成一個非常強壯的女人。
安迪愛上一個跟他一樣溫柔的女人，提娜也愛上一個跟她一樣強壯的男人。
對不起，我沒有辦法愛上你，你太溫柔了。
嘿，我沒有辦法愛上妳，妳太強壯了。
END

SAD.30
伍德的獵槍

伍德，你看到了嗎？
有一頭野獸正在攻擊一個沒有槍的獵人。
而你手上的槍還剩下一發子彈，伍德。
你現在有兩個選擇，第一，開槍打死野獸、讓獵人活下來。
但是相對的、我們之後要狩獵的獵物可能會被他給搶走。
說不定他哪天還會開槍打我們。
或者，你可以開槍打死獵人，這樣野獸或許會被槍聲嚇跑。
但是牠也有可能會跑過來攻擊我們。
不過別擔心，我的槍還有很多子彈呢！
好了，伍德，你要選擇哪一個呢？
喔，所以你只有看到這兩個選項嗎？
BANG!!!
END

SAD.31

諾摩的故事

諾摩是我的爺爺。
他很喜歡說他以前經歷過的故事給我聽。
BOOM!
阿勒是個相當英勇的軍人，對國家來說。
比茲是個非常聰明的商人，對傻子來說。
山福是個無比恐怖的犯人，對社會來說。
當然還有當亞、迪斯、娜麗，我的朋友。
YB
爺爺，為什麼你說的故事裡頭都沒有你？
因為我會出現在你的故事裡頭啊，孫子。
就如同你會出現在我的結局裡頭一樣。
◆END◆

SAD.32

具有建設性的 B

我有意見要發表！
這次的選擇題答案是A，我非常有意見。
我們這些不是答案的選項、不就都沒有存在的意義了嗎?!
!!
B，你有什麼比較具有建設性的提議嗎？
嘖嘖，其實非常簡單。
!!
只要我們三個成為比A還要正確的選項就可以了！大家就會選我們三個了！
這提議太好了！B！我們都以你為榮啊！
等等……
如果只有我是錯誤的選項，那題目就會變成「選錯題」了啊。
到頭來，我一樣還是正確的答案啊。
◆END◆

SAD.33

比西亞的蒼蠅

嘿，我覺得我們這些蒼蠅活在這個世界上好痛苦，你不覺得嗎？
大家都討厭蒼蠅……
!!
人們看到我就叫我去吃屎！我就是靠吃屎才能活到現在啊！有錯嗎？
你可以考慮搬去「比西亞」啊！
「比西亞」？
「比西亞」對我們蒼蠅來說是最完美的地方！那邊的人們都非常尊敬蒼蠅！
於是這兩隻蒼蠅來到了「比西亞」。
而「比西亞」的人們都把蒼蠅當作貴賓一樣對待。
你們對我實在是太好了！到底是為什麼？
你們會幫我們吃掉那些骯髒的東西啊！我們實在是相當尊敬你們！
所以說、你們都已經把我們當成人看了嗎？
哈哈，你認為我對你說的是人話嗎？
END

SAD.34
狂暴傑比

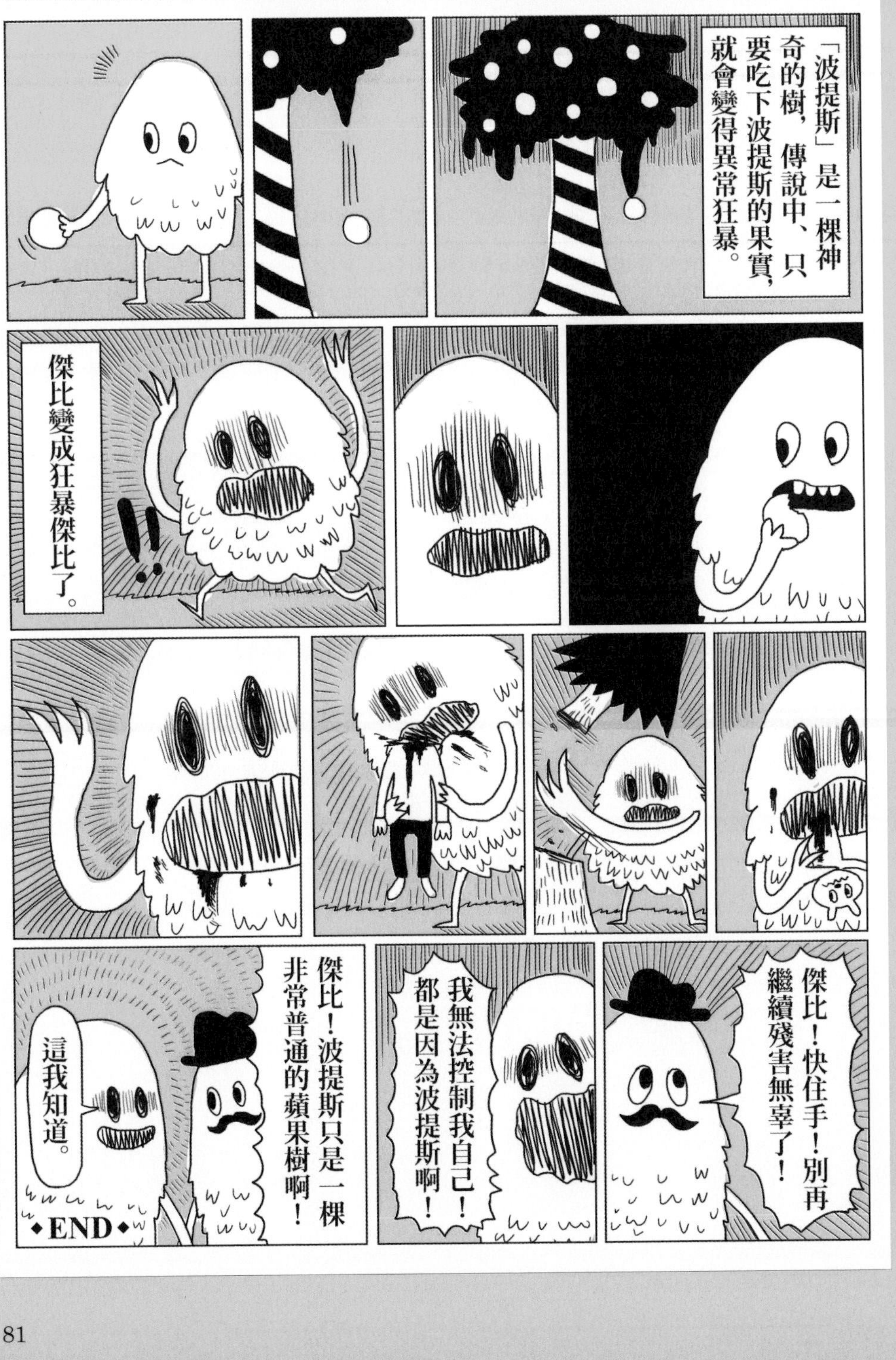
「波提斯」是一棵神奇的樹，傳說中、只要吃下波提斯的果實，就會變得異常狂暴。
傑比變成狂暴傑比了。
!!
傑比！快住手！別再繼續殘害無辜了！
我無法控制我自己！都是因為波提斯啊！
傑比！波提斯只是一棵非常普通的蘋果樹啊！
這我知道。
◆END◆

SAD.35
井底之蛙史都

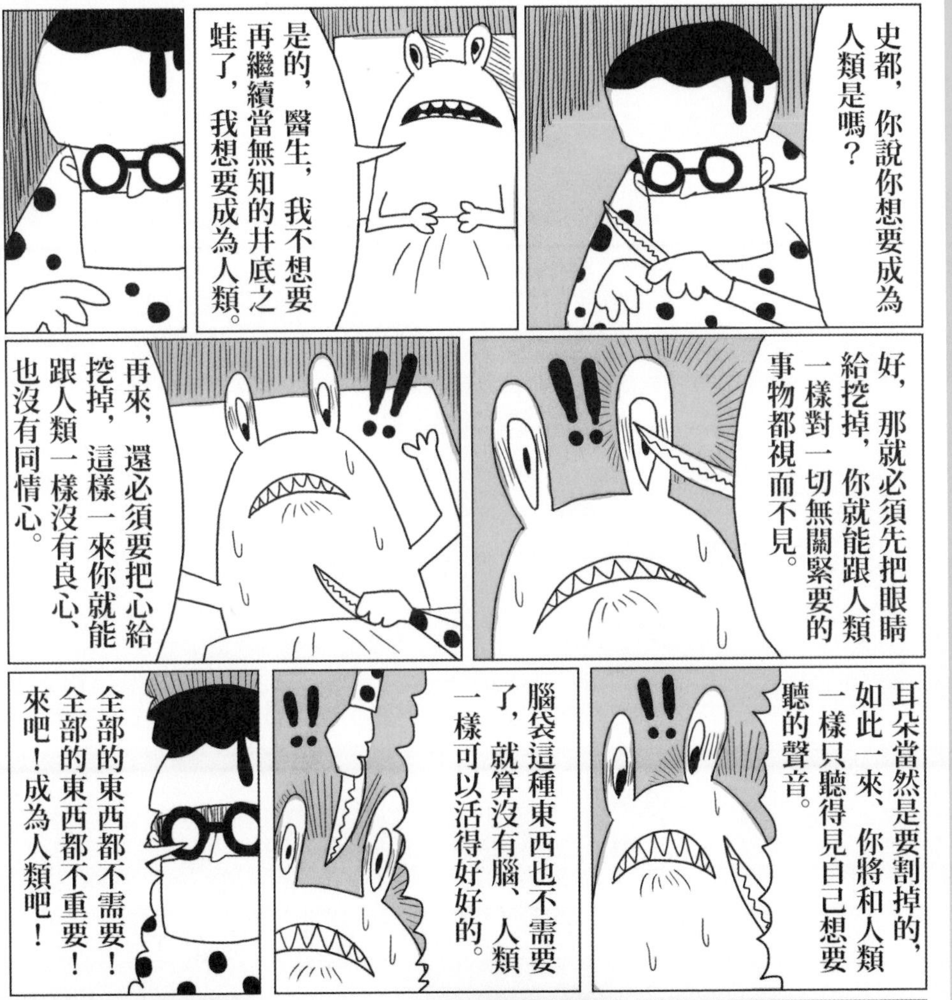
史都，你說你想要成為人類是嗎？
是的，醫生，我不想要再繼續當無知的井底之蛙了，我想要成為人類。
好，那就必須先把眼睛給挖掉，你就能跟人類一樣對一切無關緊要的事物都視而不見。
!!
!!
再來，還必須要把心給挖掉，這樣一來你就能跟人類一樣沒有良心、也沒有同情心。
!!
耳朵當然是要割掉的，如此一來，你將和人類一樣只聽得見自己想要聽的聲音。
!!
腦袋這種東西也不需要了，就算沒有腦、人類一樣可以活得好好的。
全部的東西都不需要！全部的東西都不重要！來吧！成為人類吧！
住手！我不想要成為人類了！我想要繼續當一隻無知的井底之蛙！
史都，恭喜你，你已經是個人類了。
END

SAD.36

喬森也跟著大笑

嘿！喬森！跟你說個笑話！政府是人民的公僕！哈哈哈哈哈！
哈哈哈哈哈哈！
都被自己的僕人弄死了還笑得出來啊。
別這樣，他們連自己是怎麼死的都不知道啊！哈哈哈哈哈哈哈！

SAD.37
渺小的比奇螞蟻

比奇螞蟻非常的渺小，
但是牠們並不氣餒，
牠們很努力的生存著。
沒有人把比奇螞蟻們
放在眼裡，因為牠們
實在是太渺小了。
下大雨啦！
快逃命啊啊！
老天爺為何要如此殘
酷！我們做錯了嗎？
沒有人把比奇螞蟻們
放在眼裡。
經濟大崩盤了啊啊！
政治大動亂呀啊啊！
傳染病大流行啊啊！
戰爭一觸即發啊啊！
這國家要完蛋了啊！老
天爺為何要如此殘酷！
我們做人就已經很不容
易了啊！老天爺啊！
救救我們救救我們救
救我們救救我們救救
我們救救我們救救我
果然還是大晴天好。
END

SAD.38
安妮的笑容

!!
BABA
MAMA
MAMA
BABA
DOG
!!
MAMA
!!
MAMA
!!
BABA
!!
DOG
!!
DOG
安妮，爲什麼妳遇到了那麼多悲慘的事情、還可以保持這樣的笑容？
因為這個世界沒有教我第二種表情。
◆END◆

SAD.39
快樂讓我們快樂

嘿，你有買「快樂」了嗎？
當然，為了讓自己快樂、我買了快樂。
嘿嘿嘿。
這個世界太過沉悶，一個人常常無法感到快樂，我們只好花錢去買快樂，用快樂讓我們感到快樂。
那當你已經不需要快樂的時候、該怎麼做呢？
捨棄它。
反正快樂也是我花錢買來的不是嗎？
反正也不只有我一個人這麼做啊！
其實我們的身邊充滿著許多免費的快樂等著我們去擁有，為什麼非得要花錢去得到快樂呢？
因為花錢的那一刻我就已經感到快樂了。
◆END◆

SAD.40
里夫用了八格

嘿，我的名字叫作里夫，我可以用一格的漫畫就解釋完我全部的人生。
好吧，現在已經說到第幾格了？
第二格。
第四格囉。
里夫？
嘿，我用了七格的漫畫才了解到自己的人生並沒有什麼內容可以解釋。
而我們用了八格的漫畫來證明了你是個有自知之明的人啊，里夫。
◆END◆

SAD.41
內恩與忽連

這名死者的死因是吸毒過多而死亡。
我想了解一下你的看法，內恩警官。
這很單純，就是吸毒過多啊，忽連警官。
你認為所謂的毒品是什麼樣的東西？
不就是一些會讓人迷失自我、甚至會害人白白丟掉性命的玩意兒嗎？
這樣說起來、毒品的種類可多了，排除有形物以外，親情、友情、愛情、教育、社會、價值觀、道德觀、世界觀，只要過於極端，這些都足以令人喪命啊。
話是這樣說沒錯啦，不過，活在同一個世界上的我們還是活得好好的啊，不是嗎？忽連警官。
他死前或許也是這樣想的，而我們也許正在吸著他吸過的毒也不一定呢，內恩警官。
◆END◆

SAD.42

天上的魚

FISH IN THE SKY

《天上的魚》是一本非常膾炙人口、非常經典的文學作品，是這個時代的驕傲。
天上的魚
而我們特別請到了一位相當權威的科學家，請他來分析這本文學作品的成分。
33%的故弄玄虛。
33%的不合邏輯。
33%的過度矯情。
1%的意義。
天上的魚
哈哈，這成分就像是天上的魚一樣。
不僅如此，我們也特別請到《天上的魚》的作者來為這名科學家寫了一本小說。
海中的鳥
END

SAD.43
大明星班提

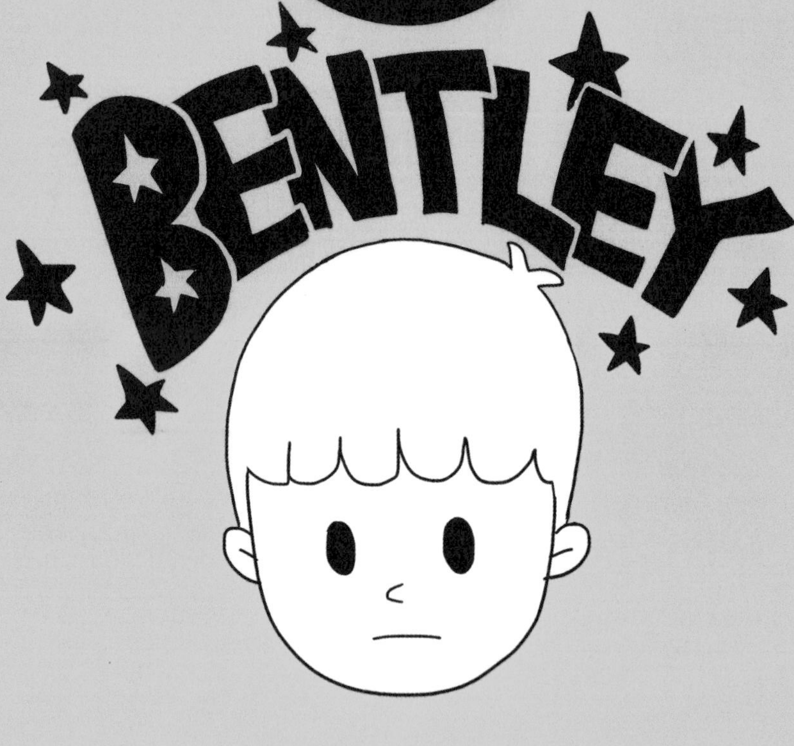

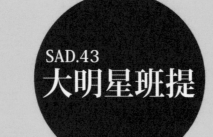

我的名字叫作班提，
是個非常普通的人。
這天，我像往常一樣一個人走在街上，
但是忽然——
我的天啊！
是班提耶！
真的是他耶！
真的是班提耶！
是班提本人啊！
今天，我們很榮幸可以請到我們的——
!!
大明星班提！
班提，成為大明星之後、有什麼話想對觀眾說？
我、我其實並不清楚為什麼我會是大明星、我什麼事情都沒有做啊！
觀眾說你是大明星，
你就得成為大明星。
END

SAD.44

雲的夢

我也想要像在夢中一樣、墜落到那片土地上啊。
但事實上，有辦法做到的只有我的雨水而已。
◆END◆

SAD.45
寬宏大量的大人

大人，對不起！我的血不小心濺到大人的
西裝上了！請大人原諒我！
好，我原諒你。

SAD.46 牙醫與招牌套餐

歡迎光臨！
！
!!
原來是野獸啊，請問要點些什麼呢？
我要一份招牌套餐。
這、這恐怕不太方便啊，這位客人。
為什麼？
我可以容忍你說人話、但是你要點人類的食物來吃，可能就稍微有些超過了啊，不是嗎？
!!
你可別忘記我們野獸都有一口利牙！我們隨時都可以把你們給咬死！
那也請你千萬別忘記！我們人類全都是牙醫！
END

SAD.47
多米愛副作用

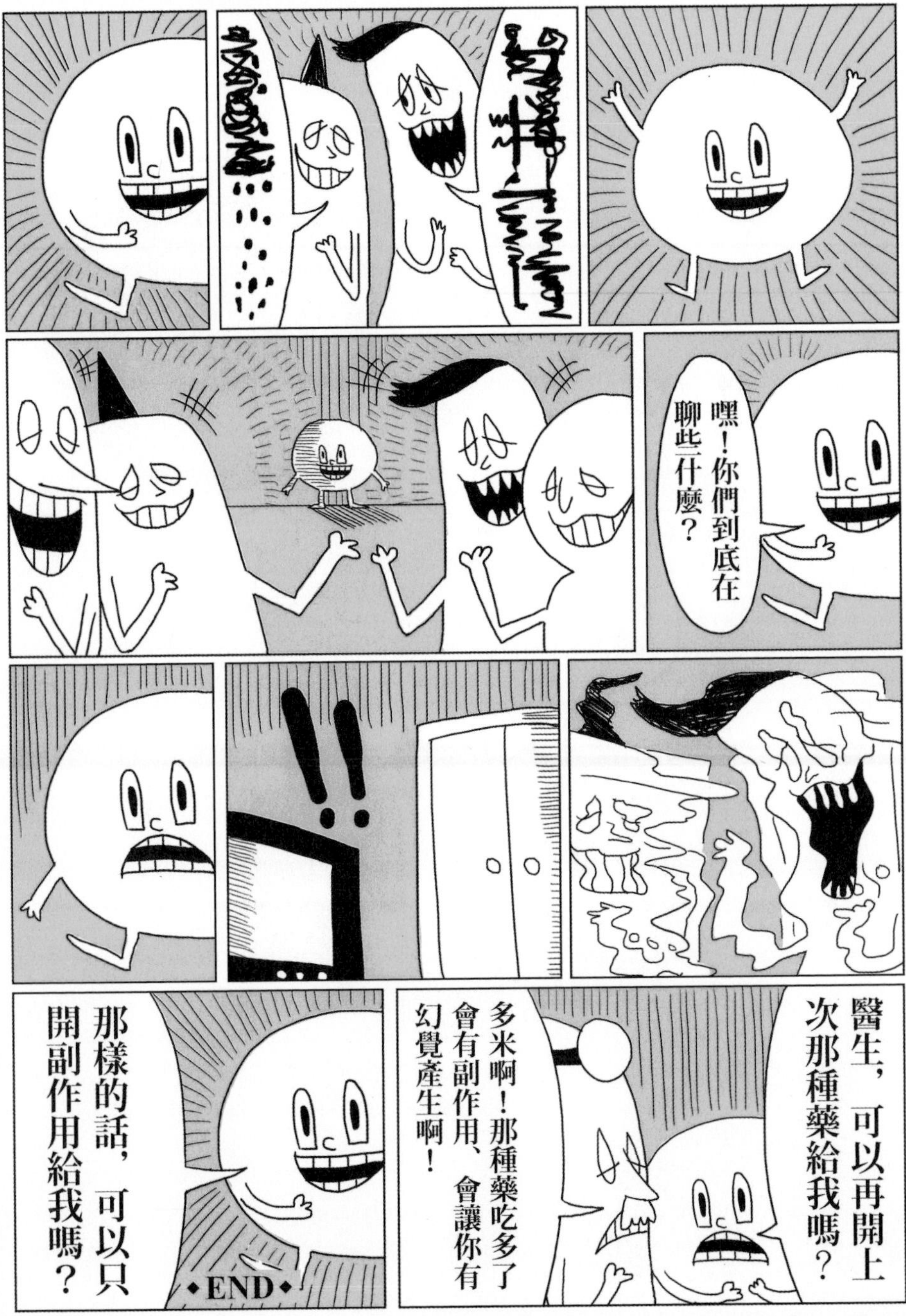
嘿！你們到底在聊些什麼？
醫生，可以再開上次那種藥給我嗎？
多米啊！那種藥吃多了會有副作用、會讓你有幻覺產生啊！
那樣的話，可以只開副作用給我嗎？
◆END◆

SAD.48
強壯的阿普

阿普是個非常獨立的男孩，從小他就學著凡事都不依靠父母，阿普非常的能幹。
阿普有個夢想，那就是離開村莊、到大城市去生活，不過這條路不但非常坎坷、還會有野獸出沒。
阿普為了圓夢，他開始不斷訓練自己，讓自己越來越強壯，這讓他感覺非常踏實。
!!
過了一段時間，阿普終於踏上了他的旅程。
不過這條路遠比阿普想像中來得安全許多，路途既不險惡也沒有野獸出沒。
嘿，年輕人！我想你應該就是阿普沒錯吧？
!
雖然你父母叫我別說出去，但我還是得告訴你。
這條路是你父親幫你開的，路上的野獸是你母親為你殺的，你母親非常的慚愧，因為她覺得她太多管閒事了。
END

SAD.49
殺人魔桑德

殺人魔桑德是個人人都害怕的殺人魔，他殺人無數。
小子！讓我保護你！你不能有異議！
唔啊啊啊啊！
你不是殺人魔嗎？為什麼不殺了我？
今天起我成了弱者的救星！
明天開始就會有人歌頌你！
哈哈哈哈哈哈！
END

SAD.50
閃電魯尼

魯尼！你太快了！我追上你都已經明天了！
我不等你了！你實在是太慢了！我先走啦！
我可是最快的閃電！閃電魯尼大爺啊哈哈哈哈！
我不需要你這跟班！
別難過了，跟著我吧，雖然我沒有魯尼快。
HAHAHA
嘖，感覺最近都沒聽到什麼尖叫聲啊。
哇啊啊啊啊！
好可怕的雷聲啊啊！
轟!?
嘖，我還是最快的閃電魯尼大爺啊。
END

SAD.51

哇喔糖果的吉祥物

WOW!!
So Cool!
100%
爺爺！我吃這個哇喔糖果吃到蛀牙了嗚嗚嗚！
POWER
……
BAR
當天晚上——
誰是哇喔糖果的吉祥物？給我出來！
W
哇喔！酷喔！來了一個不得了的老爺爺喔！
WOW!!!~
POW
這是讓我孫女蛀牙的代價。
幾天後——
爺爺！我又吃哇喔糖果吃到蛀牙了嗚嗚嗚！
WOW!
END

W

W

SAD.52

不明氣體

不明氣體！
這聞起來像是……剛出爐的麵包香味！
才怪！這聞起來根本就是毒品的味道！
哇啊！你吸過毒嗎？
沒有！
說不定這根本不是氣體而是液體啊！
嘿！
BOOM!
抱歉！那是我放的屁！
別鬧了！怎麼可能啊？
好吧……至少你的屁聞起來是香的。
END

SAD.53

那些該死的 波特人

你們這些波特人全都是該死的波特豬！波特狗！波特鬼子！
為什麼我們總要這樣子稱呼比我們還要強大的種族？
正因為比我們強大啊！我們得要製造些同仇敵愾的團結氣氛嘛！而且誰會在乎比我們弱小的種族？

SAD.54

哀傷浮游

人們漸漸習慣將生命中的苦水都吐向大海。
大海漸漸感受到壓力，海水從鹹的變成苦的。
海裡的生物們也都感受到人們的悲傷心情。
不過有些生物並沒有感受到那些負面情緒。
他們是浮游生物，他們浮游著、沒壓力。
我無法感受到你的哀傷，不過……
好吧……
我可以為你感到哀傷。
◆END◆

SAD.55

文明時代的文明人

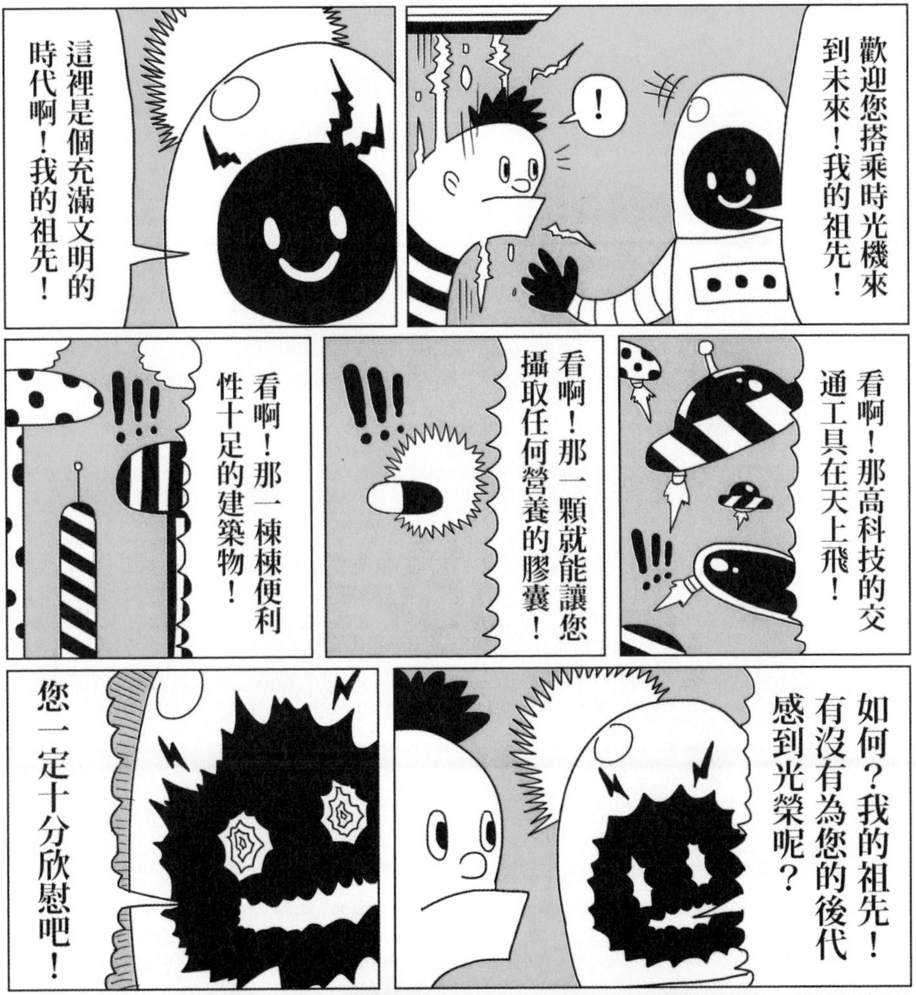
歡迎您搭乘時光機來到未來！我的祖先！
！
這裡是個充滿文明的時代啊！我的祖先！
看啊！那高科技的交通工具在天上飛！
看啊！那一顆就能讓您攝取任何營養的膠囊！
看啊！那一棟棟便利性十足的建築物！
如何？我的祖先！有沒有為您的後代感到光榮呢？
您一定十分欣慰吧！
文明看上去是有的，那關於文化這方面呢？
這裡是個充滿文明的時代啊，我的祖先。
END

SAD.56
火焰人的仁慈

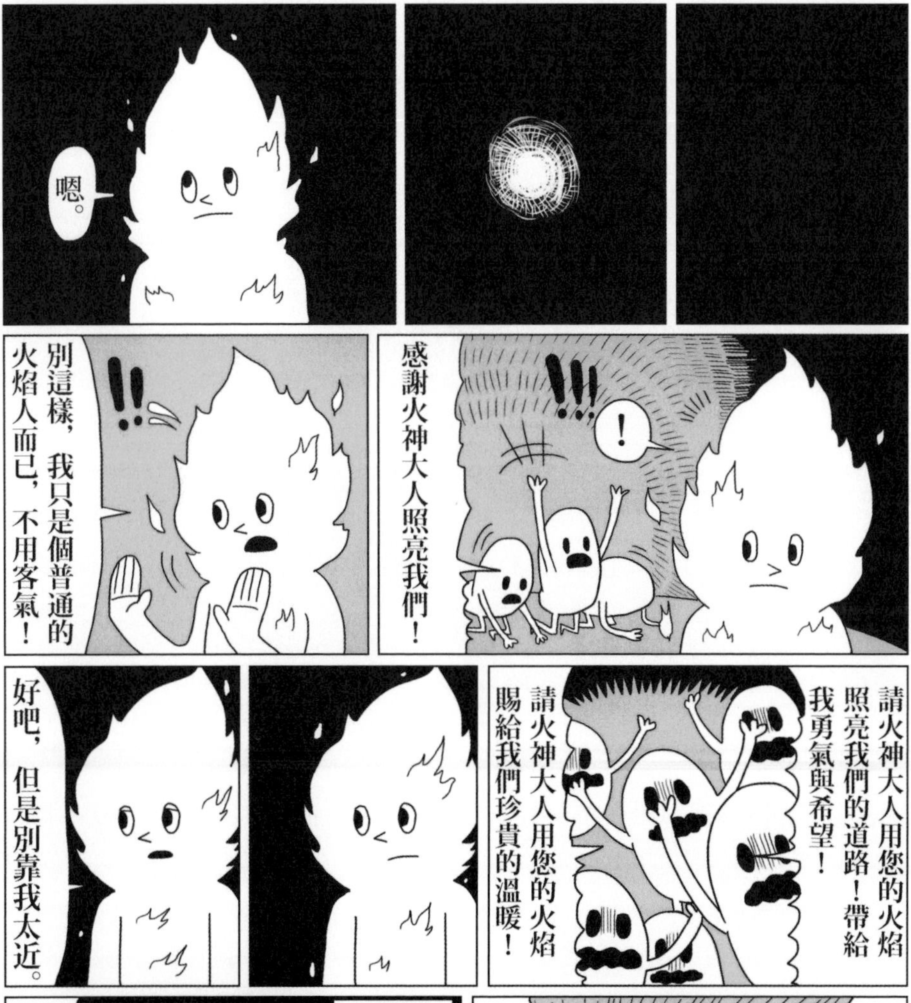
嗯。
感謝火神大人照亮我們！
！
別這樣，我只是個普通的火焰人而已，不用客氣！
請火神大人用您的火焰照亮我們的道路！帶給我勇氣與希望！
請火神大人用您的火焰賜給我們珍貴的溫暖！
好吧，但是別靠我太近。
我怕你們被我燒到……
哇啊啊啊啊啊啊啊啊！
END
別拿水潑我！
我不是……

SAD.57
火焰人的智慧

呿。
感謝火神大人照亮我們！
?
沒錯！我就是火神大人！
儘管感謝我吧！愚民們！
請火神大人用您的火焰保護我們！給我們的未來帶來無限可能！
請火神大人將您的火焰給越燒越旺盛吧！
好啊，你們靠過來一點。
哇啊！火神大人為何要這樣對待我們?!
要我燒旺盛點、可以啊！不過你們得先當我的燃料嘛！哈哈哈哈哈！
◆END◆

SAD.58

你不是個失敗的人

!!
千萬不能自殺啊！
!?
我是個失敗的人，就算繼續活著、也只能過著失敗的人生。
!!
笨蛋！你沒聽說現在自殺也會被國家罰款嗎？
國家現在連死人的錢都要賺嗎？
!!
當然不是拿你的錢！而是要拿你身邊親人的錢！你走了以後、留下來的人的錢！你就好好工作、找到屬於你自己的人生目標吧！
我就是被我的公司、被這個職場、被這個社會搞到想死的啊！怎麼，企業剝削活人、然後國家再剝削死人嗎?!
這樣你還想自殺嗎？
好吧、我還是選擇去相信這個國家、相信眼前的所有企業，這樣子或許就能繼續活下去了。
那你還是別活了吧！
END

SAD.59

下雨男孩

我只要開口說話，周遭就會下起大雨。
所以我選擇沉默。
不論遇到任何事情，
彼瑞！老師叫你回答問題！你是不會開口回答嗎？你這個啞巴！
啞巴！啞巴！彼瑞是啞巴！彼瑞是啞巴！
彼瑞是啞巴！
我還是有辦法忍受。
直到遇見我暗戀的女孩，我對她的愛意已經讓我無法控制。
我喜……妳
討厭啦！
我決定把自己的嘴巴給縫起來，希望我這個決定是對的。
好吧，至少現在還有那耀眼的太陽陪著我。
◆END◆

SAD.60
鋼鐵比格

BIG
BIG
嗯，我不確定有沒有怪獸的存在，
但至少、我確定這架「鋼鐵比格」
確實有它存在的意義。

SAD.61
消極的珊莎

珊莎是個非常消極的人，對於一切都絲毫不起勁。這天，她因為一個小感冒而來到醫院看病。
離開看診室後，珊莎不小心在外頭聽到醫生和她家人的對話。
珊莎只剩下一天的壽命了。
!!
珊莎腦中只有一個念頭閃過：「為什麼是我？」
珊莎又憤怒又害怕的離開了這個醫院、這個城市、這個國家。
珊莎將以前從來沒有做過的事情都做了一遍。她將所有的積蓄花光、她殺了她看不順眼的人、她和她看得上眼的男人做愛，她非常積極的活著，就這樣過了一年。
珊莎抱著滿滿的疑惑去找之前看病的那位醫生、想問個清楚。
當時指的是妳的「消極」，為什麼人要到了無路可退的地步才肯前進？
因為無法後退，所以只好前進。
END

SAD.62

AC300

早安！黑比！
早！阿比！AC300酷！
AC300是什麼東西？
嘿！昨天我和汪比去了一間很好吃的餐廳！下次一起AC300酷！
!!
AC300
AC300
!
AC300到底是什麼東西？我的世界忽然間被AC300給吞噬了！我活在一個充滿置入性行銷的世界裡！快救救我！黑比！
阿比，看看那塊廣告看板！
!?
AC300
◆END◆

TIME
SAD.63
時間操控者

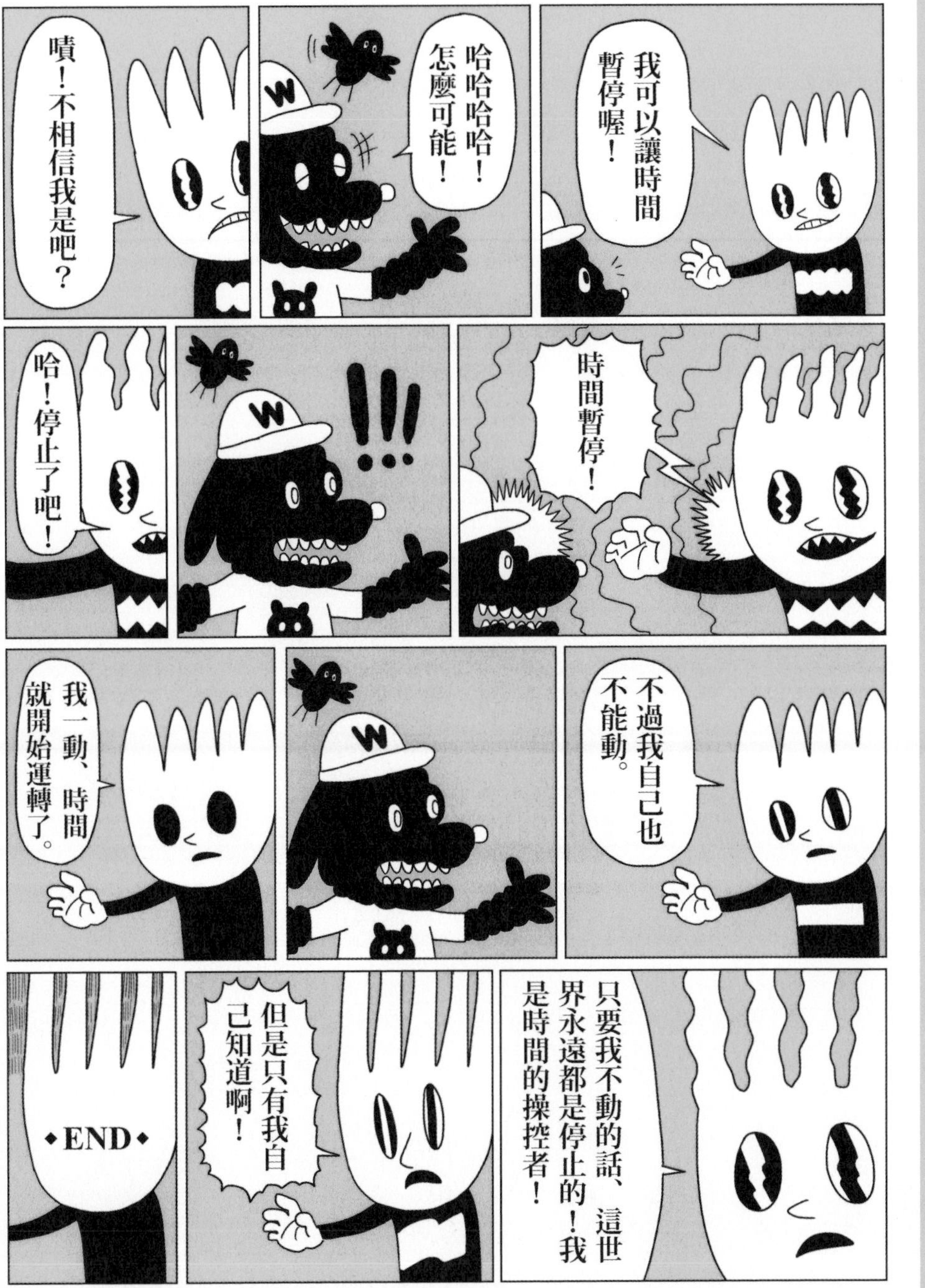
我可以讓時間暫停喔！
哈哈哈哈！怎麼可能！
嘖！不相信我是吧？
時間暫停！
!!!
哈！停止了吧！
不過我自己也不能動。
我一動、時間就開始運轉了。
只要我不動的話、這世界永遠都是停止的！我是時間的操控者！
但是只有我自己知道啊！
END

SAD.64
逃離這個框框

我忍不住了！
我無法忍受自己被困在這個框框裡頭！
!!…
太棒了！框框被我抓出了個洞！
我要離開這裡囉！
嘿！又一個笨蛋！
歡迎來到另外一個框框、朋友。
你之前待的框框比這邊好多了、但是誰會知道呢？
……噢。
END

SAD.65
頭痛的波思

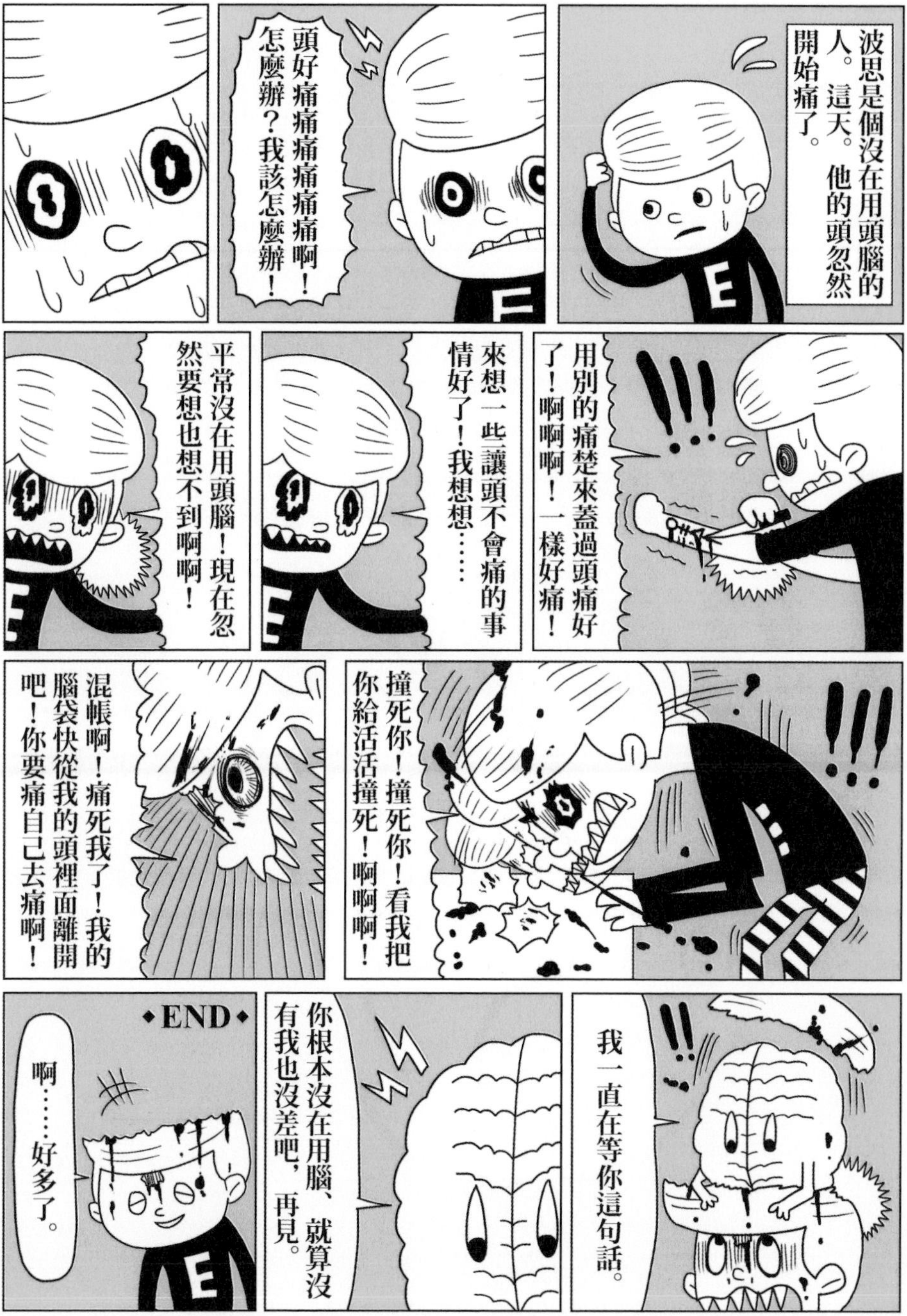
波思是個沒在用頭腦的人。這天。他的頭忽然開始痛了。
頭好痛痛痛痛痛痛痛啊！怎麼辦？我該怎麼辦！
用別的痛楚來蓋過頭痛好了！啊啊啊！一樣好痛！
來想一些讓頭不會痛的事情好了！我想想……
平常沒在用頭腦！現在忽然要想也想不到啊啊！
撞死你！撞死你！看我把你給活活撞死！啊啊啊！
混帳啊！痛死我了！我的腦袋快從我的頭裡面離開吧！你要痛自己去痛啊！
我一直在等你這句話。
你根本沒在用腦，就算沒有我也沒差吧，再見。
◆END◆
啊……好多了。

SAD.66

史比貓的後腿

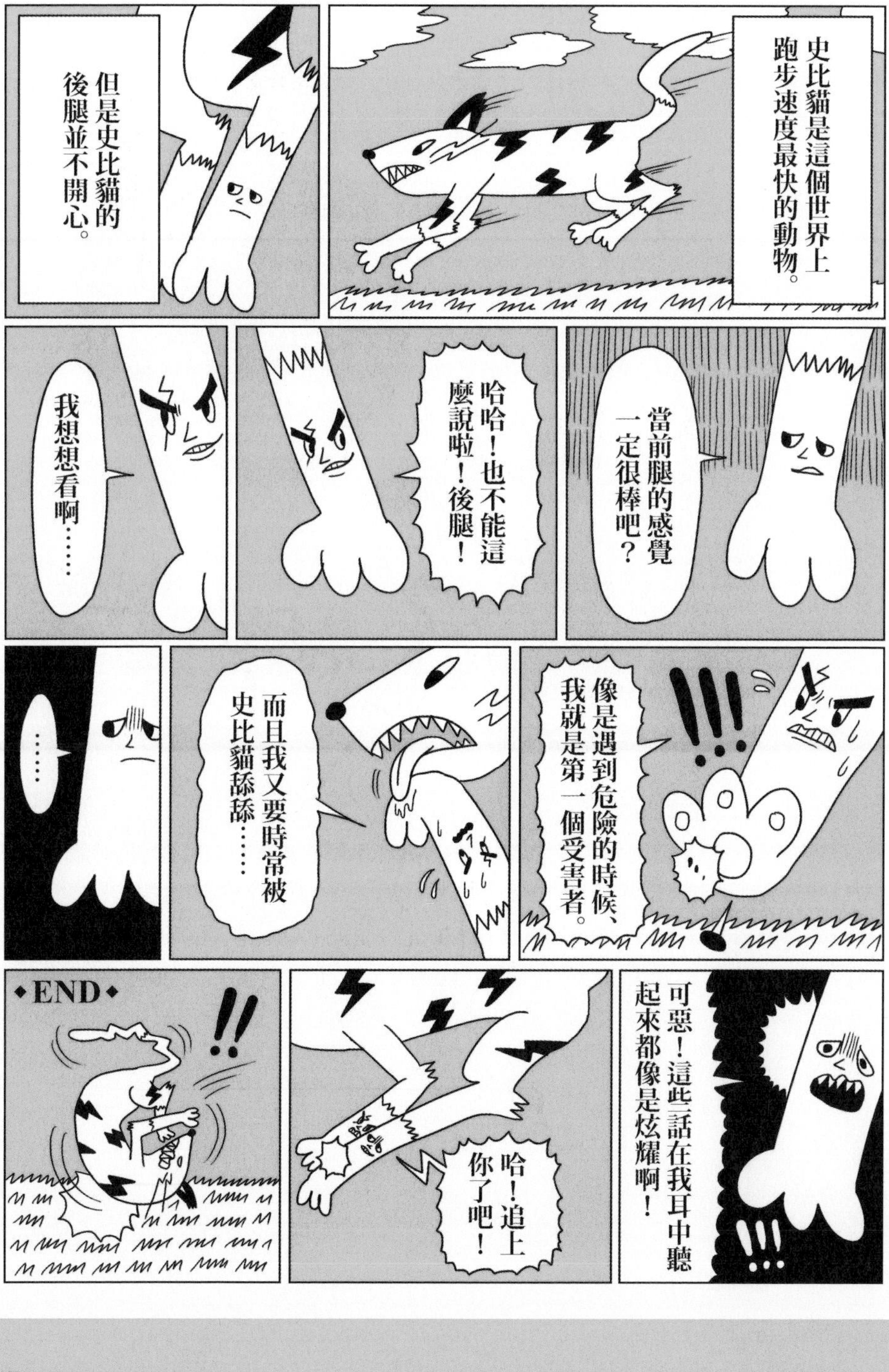
史比貓是這個世界上跑步速度最快的動物。
但是史比貓的後腿並不開心。
當前腿的感覺一定很棒吧？
哈哈！也不能這麼說啦！後腿！
我想想看啊……
!!!
像是遇到危險的時候、我就是第一個受害者。
而且我又要時常被史比貓舔舔……
……
可惡！這些話在我耳中聽起來都像是炫耀啊！
!!!
哈！追上你了吧！
!!
END

SAD.67

為我的認真哀悼

我是個認真的人，我認真工作、認真活著、認真享受我的人生，我認真的感到快樂。
我身邊也都是些認真的人們，我們都很認真。
我以我的認真為榮。
!
!!!
!!!
!?
哇啊！你變得好隨便！
!!!
嗚啊啊啊！我也變得好隨便啊！我該如何是好啊？
你就認真的當個隨便的人吧！
好方法！
◆END◆

SAD.68

頭後面的頭

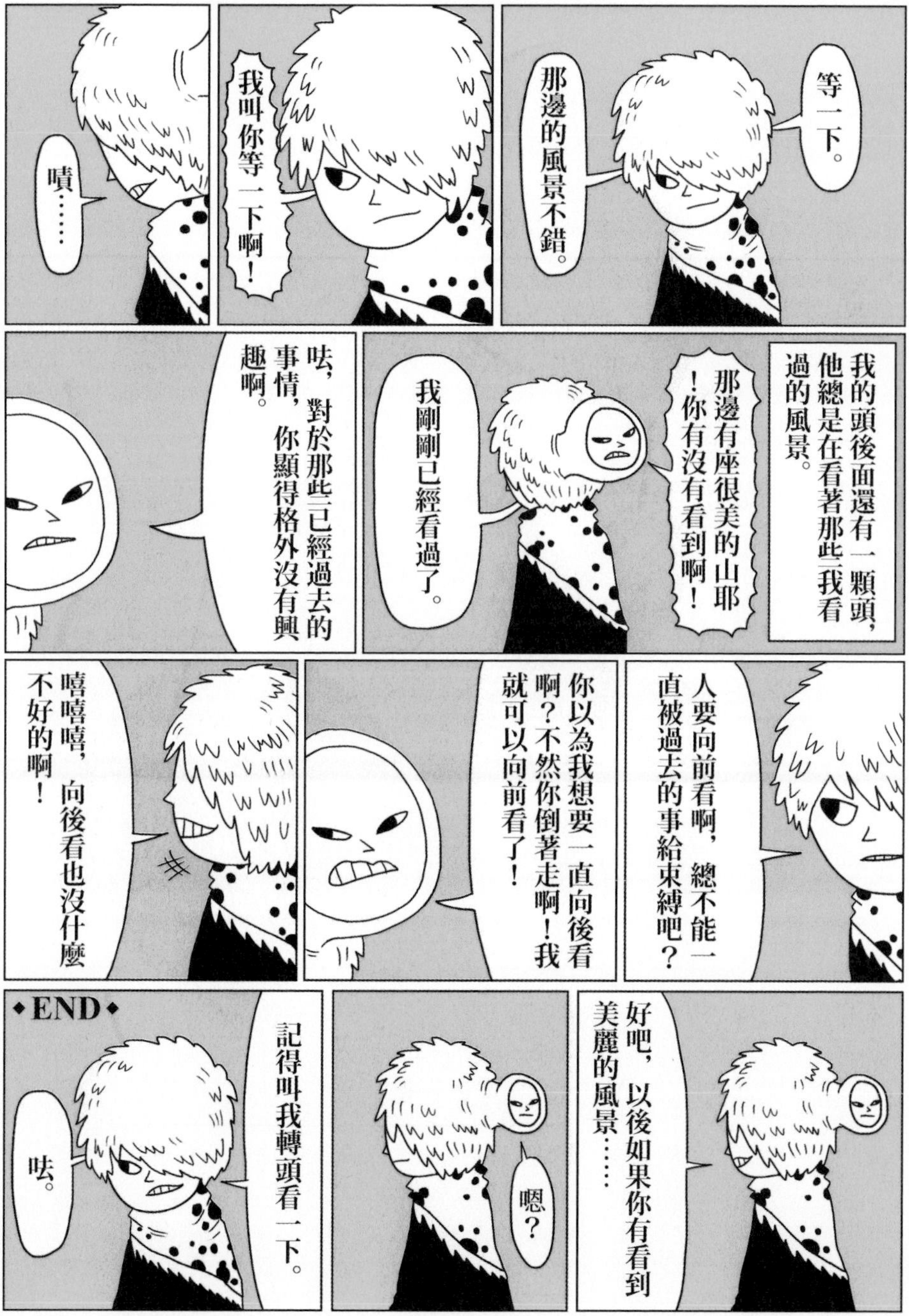
等一下。
那邊的風景不錯。
我叫你等一下啊！
嘖……
我的頭後面還有一顆頭，他總是在看著那些我看過的風景。
那邊有座很美的山耶！你有沒有看到啊！
我剛剛已經看過了。
呿，對於那些已經過去的事情，你顯得格外沒有興趣啊。
人要向前看啊，總不能一直被過去的事給束縛吧？
你以為我想要一直向後看啊？不然你倒著走啊！我就可以向前看了！
嘻嘻嘻，向後看也沒什麼不好的啊！
好吧，以後如果你有看到美麗的風景……
嗯？
記得叫我轉頭看一下。
呿。
◆END◆

SAD.69
生於死亡的戴夫

我的名字叫作戴夫
我現在正面臨著死亡。
一根鐵桿穿過了我的身體，肚破腸流的痛楚讓我覺得我還活著。
只因為不小心踏到了香蕉皮，就從橋上跌了下來。
我感覺這根鐵桿已經和我合而為一了，它是我身體的一部分。
如果時光可以倒流的話該有多好？
唔？時光好像真的開始倒流了！
啊啊，好懷念啊，可以再過一次已經度過的人生也很幸福。
時間過得好快，才一轉眼我又要回到媽媽的子宮裡頭了。
如果時光可以再倒流一次的話該有多好？
•END•

SAD.70
冰山一角

我懂。

SAD.71
他變成了一條蛇

這世界上總會有輸家，
輸家都想要成為贏家。
但是有些輸家、從出生的那一刻起……
就註定永遠要當個輸家。
不能再這樣子下去了，
我必須更兇猛……
必須要變成一個更為兇猛且惡毒的野獸。
!!!
嘖，眼前的贏家看上去果然還是比我兇猛。
肚子好餓……
!!
人！要有尊嚴！
!!!
◆END◆

SAD.72

鼻子上的樹

!!
$500
◆END◆
$100
$500

SAD.73

勇者的得獎感言

今天我們要頒獎給打倒魔王的勇者！我們先請勇者來發表他的得獎感言！
拍拍拍拍！（鼓掌聲）
雖然有點老套、首先我還是要感謝我的父母！
哈哈哈哈哈哈！
（鼓掌聲）
感謝他們把我生在這個混亂的時代、感謝這個時代讓我不得不出面當勇者！
誰會想要當勇者？勇者跟愚者可沒什麼兩樣啊！
也要感謝你們這些觀眾。
感謝你們的袖手旁觀！感謝你們的團結一致！感謝你們沒有人願意站出來！
可真是讓我一枝獨秀啊！
被我拯救的時候就稱呼我為勇者、當我無法拯救你的時候、我就是罪人！
我為了你們這些觀眾而活！沒有你們這些冷血的觀眾、哪來我這樣的勇者？
哈哈、最後、趁我快要變成魔王之前、就讓我殺了自己吧！
END
勇者！做得好！做得好！
拍拍拍拍拍！（鼓掌聲）

TIME MACHINE

SAD.74

時光機

我們要活下去的話、必須要做出無數的選擇！
我們的一生、都在面臨著選擇！
哼哼！這樣的話、那我就偏不要做選擇！
不做選擇、也是一種選擇啊！就算當下沒有選擇，
你終究會被「時間」逼得不得不做出下一個選擇。
哈哈！沒關係！我可以利用「時光機」穿梭時空！
!!!
把我遇到的所有選擇都不去做任何選擇！不管是過去還是未來！我要證明給你看！不做選擇也能活！
!!
這也是種方法……
不過在這之前、你也已經選擇要搭上「時光機」了啊！哈哈哈哈哈哈哈哈！
END

SAD.75
我很尊重你的

我是隻可悲的蒼蠅，可悲的被困在蜘蛛網上面、可悲的在這邊等死。
嘿、小夥子！
我只是想問問、你被困在這裡、是故意的還是不小心的？
!!
我是不小心的。
一個不會動的陷阱就放在這，你自己上門來要當我的食物，這還能怪誰呢？
我是很蠢、但有些陷阱就是自己遇到了才知道是陷阱啊！我還能怪自己嗎？
無所謂！那我就開動了！謝謝你的招待啦！
我可是吃垃圾長大的！我滿肚子垃圾！妳還敢吃？
你吃垃圾長大和我要吃你可是兩回事啊！小夥子！
我尊重你的生存方式、尊重你所吃的食物，不過也請你要尊重自己啊！我可是要靠你生存的呢！
◆END◆

SAD.76

海底人

我的奶奶跟我說、我們人類以前是生活在陸地上的。
直到海水淹沒了陸地、人類才慢慢進化成能在海裡生存的海底人。
我無法想像人類在陸地上是怎麼生活的，不知道以前的人類對於現在的我們是怎麼想的？不過奶奶說那些都不重要了。
•END•

SAD.77

我就快死了

吼啊啊啊！
我就快死了……
我的孩子們也都被獵人給殺了！我真是個沒有用的母親！真是個……
松鼠啊、像你這樣的弱者應該早就習慣恐懼了吧？
我可是這片森林最強悍的野獸，在今天之前，我都不知道什麼叫作恐懼。
你就告訴森林裡的動物們是你殺了我的！這樣森林裡的動物都會害怕你的！
!!
◆END◆

We're almost there!

SAD.END

就快到了！

嘿！你說的那座城市到底什麼時候才會走到？
就快到了！
你那句「就快到了」已經說了好幾天了啊！
怪我啊？
就快到了！就快到了！我有預感就快要到了！
這條漫長且不知道終點何在的路實在是令人感到無力，但是，這時候我發現不只是我……
和我同行的人也一樣很疲憊。也是啊！我們都走在同樣一條路上，也都想達到終點不是嗎？
到了城市之後，你最想先做什麼事情？
喝熱湯。
◆END◆

FUN系列 002

哀傷浮游

作　者—黃色書刊
主　編—陳信宏
責任編輯—尹蘊雯
責任企畫—曾睦涵
美編協力—我我設計工作室 wowo.design@gmail.com
標題翻譯— Helen Chao

總編輯—李采洪
董事長—趙政岷
出版者—時報文化出版企業股份有限公司
一〇八〇一九臺北市和平西路三段二四〇號三樓
發行專線：（〇二）二三〇六—六八四二
讀者服務專線：〇八〇〇二三一七〇五・（〇二）二三〇四—七一〇三
讀者服務傳真：（〇二）二三〇四—六八五八
郵撥：一九三四四七二四時報文化出版公司
信箱：一〇八九九臺北華江橋郵局第九九信箱
時報悅讀網—http://www.readingtimes.com.tw
電子郵件信箱—newlife@readingtimes.com.tw
時報出版愛讀者粉絲團—http://www.facebook.com/readingtimes.2
法律顧問—理律法律事務所 陳長文律師、李念祖律師
印　刷—華展印刷有限公司
初版一刷—二〇一四年一月三日
初版三刷—二〇二一年三月二十二日
定　價—新台幣二四〇元
（若有缺頁或破損，請寄回更換）

時報文化出版公司成立於一九七五年，
並於一九九九年股票上櫃公開發行，於二〇〇八年脫離中時集團非屬旺中，
以「尊重智慧與創意的文化事業」為信念。

哀傷浮游 / 黃色書刊著；
-- 初版 . - 臺北市：時報文化，2014.01
面；　公分 . -- (Fun；02)

ISBN 978-957-13-5872-7(平裝)
857.63　　102025055

ISBN 978-957-13-5872-7
Printed in Taiwan